U0082554

耳朵：

唐辛子短篇小說集

唐辛子

很多個星期前，右耳無故發炎，並有重聽現象。整個人感覺像在幾萬呎的高空中，傳進右耳的聲音都朦朦朧朧，隔了一層輕紗。醫生給了一小瓶的液體型抗生素，於是每天晚上臨睡前，都要右耳朝天側睡，然後輕輕的往耳朵裡頭滴兩滴，黑暗中什麼也做不了，唯有這樣躺著，像一尾受傷的魚，獨自擱淺在乾涸的時間大河裡，開始想念曾經在身邊那一副微熱的身軀，也許他會柔柔的按摩俺的耳朵，也許他會輕輕的說：借我你的耳朵，我要對你說一個有趣的故事……直到唐唐沉沉的墜入夢的國度裡……

序　借我你的耳朵，我要對你說一個有趣的故事

唐唐一直都羨慕兩種人：

一為四十五歲後還敢穿豹皮緊身衣大叔的勇氣；二為可以一氣呵成寫一篇小說的作者的才氣——怎麼可以如斯巧妙的把各種人物、對白、情節、場景等安排在一塊，結合成一個個或蕩氣迴腸、或風趣搞笑、或震懾人心，總之就是讀後讓人忘不了（或爛得恨難消）的故事。這些年來腦袋裡總有一些畫面，無奈一向無才可去補青天，要把它們付諸於文字，總覺得比在健身室裡施展渾身解數勾引小帥哥還要難一點。

聽說好小說都像八點檔連續劇，有一個特定方程式：開頭要奪人眼球，所謂的好的開始就是成功的一半：「阿智握住阿九的屌將近一小時了……」然後要環環相扣，高潮迭起，每翻上五頁就有一個爆點，讓人欲罷

不能：「阿智終於下決定了：今晚他要和阿光雙龍阿九……」最後來個帶點傳奇性的收尾：「就在阿智達到高潮的瞬間，突然心臟病爆發死了。」啊。撩動欲望的開始和回味無窮的收梢，好小說與好性愛就該是這樣。於是俺開始寫了。

在一個大好晴天（《通勝》說萬事皆宜），膽粗粗的把兩篇處女作傳給基本的總編大爺讀讀（深知總編大爺是名烹飪愛好者，稿末還附上祖傳馬來西亞肉骨茶祕密食譜一份，只希望嚴苛挑稿的大爺在回絕俺的稿件時措辭可以美麗一些：稿子中心思想太過前衛，怕曲高和寡這類的……），然後忐忑不安的等著回音。結果當晚就收到電郵：寫得不錯，可以繼續。唐唐讀了差點就淚流滿面——又有機會出書賺賺小錢可以到曼谷買春了？

可惜這本短篇集裡收錄的作品好像都沒有好好依據所謂的好小說方程式。但在唐唐平淡如白開水，生平最大的挫折就是被年輕小帥說長得像他爸爸的生活裡，怎麼可能醞釀出《戰爭與和平》、《百年孤寂》、《紅樓夢》

這類史詩式巨著？詞庫有限，唯有用最淺白的文字寫出自己很想說的故事（希望你們也有共鳴），連性愛場面也經營不來（性愛這事「紙上得來終覺淺，絕知此事要躬行」——有問題的葛格底迪，歡迎聯絡唐唐，俺必傾（精）囊相助），好聽一點是貼近生活，難聽一點是悶出鳥來，看慣了男友是外星人、女友是殭屍殺手的現代讀者，會不會接受不來？不過唐唐的讀者大都是知識水平偏高、才貌雙全的同志或愛同志的朋友，俺知道他們一定懂。

原本想把本書題為《我短》——《我的短篇小說》的意思，後來讓眼高手更高一點的編輯否決了（他大概有慧眼，看得出唐唐一點也不短），於是有了《耳朵》這個很有寓意的題目。耳朵大概就是大家頭顱上最被忽略的一個器官，你我修眉毛、隆鼻、割眼皮、豐唇，但就沒聽說幾個人要整耳朵。它就默默的守在那裡，完成它的使命。生命中某些事物、某些人就是這樣，需要他時，才察覺他一直都在，從未放棄你。

祝大家　閱讀愉快

目錄

1

那些年

那是一個很大的考場，寂靜無聲，只有天花板上的吊扇不斷「呼、呼」作響。

一些人喜上眉梢，一些人愁眉苦臉，大家都在埋頭苦寫。有人全軍覆沒，有人金榜題名，考生的命運在無盡的旋轉中輪迴。

監考老師來回巡邏，不苟言笑，一臉嚴肅。像是曾在電影裡看過的，在南北韓邊界駐守的警官，見到逃犯就要舉槍殺無赦。

尚恩拿起試卷一看，像讀著希臘文，沒有一題是自己熟悉的。昨天苦背的，通通忘光光。到底是怎麼一回事？

突然監考老師一聲：「時間到，請停止所有書寫！」時間到？可他一個字也沒寫呀，這回要給當掉了。看見身邊的同學帶著笑意，胸有成竹的把考卷遞上，他手腳冰冷，渾身流著冷汗，不知所措……然後就驚醒了。

又是關於大考的夢。

拿起放在床頭邊的手機看——三點四十分。知道自己再也睡不下去了，又是另一個失眠的晚上。他累極。

最近都睡不好，做著各種各樣的怪夢。當中最常出現的就是這大考的夢，他懷疑這是中年危機，從前一些不順心的事來個秋後算帳。

還有另外一個是他忘了大考時間表的夢。正在忙著一些什麼，突然醒覺今天是大考的，一支箭似的飛去考場，然後又是監考老師那句話：「時間到，請停止所有書寫！」然後又是同學們那帶點炫耀的笑臉，然後他又醒了。睜著眼睛直到天空泛白。

大考是永遠的夢魘，尚恩知道是什麼緣故。

他從不懷念高中時的那些年。偶爾聽見其他人說自己的高中生活多麼自由、多麼快樂、多麼想回去那段時光……他總嗤之以鼻，答上一句：「那些年有什麼好？人要往前看！」

後來讀張愛玲的《小團圓》才知道，她也常常做著大考的夢。她也說過：「中學生活是不愉快的，也很少交朋友！」原來他並不寂寞。

據說那些青春校園電影層出不盡，而且都賣得很不錯的原因，就是因為大家心中都記掛著那段會發光的歲月，所以搶著到戲院裡重溫從前。尚恩的高中歲月黯淡無光，他不愛這類藍天白雲紅花綠樹男帥女美的校園電影。

一堆接一堆要在幾個月裡啃完的課本、一場接一場折磨身心的考試、一張接一張討人厭讓人心煩的臉孔……慘綠的還未進入狀況的自己，總有一大堆散亂無章的煩惱：家裡的、學校的、課業上的、男生的、女生的……夠了嗎？該完了吧？讓他每每快要癱瘓殘喘。

畢業典禮時，驪歌響起時，看見有女生在一旁抽泣，他心頭一陣厭惡：「捨不得嗎？我等今天等了多久呢！」臉上有按捺不住的笑意。

他對自己決絕的說：「走出這個校門後就不會回頭！」後來尚恩聽見有些同學在背後說他絕情，他一貫的無反應。

「反正不會再見面了，還來搏什麼感情？」心頭有個聲音在喊著。到學院求學，出來社會工作，果然沒有再見昔日同窗，連臉書也特意沒加他們。他很滿意自己的新生活。

那天難得和母親同檯吃飯，不知怎的就聊到了中學時的老師。她一邊挾著菜一邊閒話家常的問：「你記得那個黃老師嗎？」

他頭也不抬，很自然的回問：「死了嗎？」

母親聽了皺起眉頭：「哎喲，你這個烏鴉嘴，怎麼不尊敬老師？她還好好的……」一陣嘮叨過後，尚恩還是一句「死了嗎？」母親繼續「哪有死？我是說她最小的女兒剛剛嫁了，嫁給那……」Who Care？他從不在乎。

他有時會想：是不是要所有的人——校長、老師、同學，通通死光光，他才能擺脫那段歲月。

高中生涯是殘酷的，那些年是無情的。你太肥、太瘦、太聰明、太有錢……都是罪過。他的原罪？太娘。

尚恩很早就知道自己的情欲版圖會往哪個方向蔓延，那不是每個男生都會去的方向。

他不覺得自己特別娘。不過自己最要好的幾個朋友都是女生倒是真的。

下課時、午休時或課外活動時都和女生在一塊。男生們踢足球、打籃球、看A片、為了表示自己已經長大了而說著粗口吸著菸，說要上誰上誰……早熟的他一早看穿這群小大人的無知愚蠢，很不屑和他們在一起。他走不進那世界，他們也永遠跨不進他的國度。

開始不知道是誰叫起來：「死娘娘腔！」「陰陽人！」「死太監！」這類難聽的外號。經過一夥男生身邊時，他們總是齊心合力，大聲喊叫「死娘娘腔」，然後就是一陣陣此起彼落的譏笑聲。所以他見到一群男生總要繞道而行。偶爾避無可避，硬著頭皮迎上去，覺得自己每一步都踏在玻璃碎片上，荊棘滿途，男孩無聊的叫囂是一把把鋒利的小刀，走過去，血也流了一地。

被霸凌的小孩身體有一部分是永遠死了。

他不知道這只是個可怕的開始。

男生中有一個名叫鎧匀的，長得白白胖胖，有一雙不成比例的微凸大眼睛，怒目圓瞪時很可怕，像迪士尼《白雪公主》裡的那位巫婆。

有一回在操場上，當著一群女生，鎧匀把尚恩的運動褲扯下來，得逞後，帶著笑風一陣的跑開。女生們吃吃笑著，當時只穿著一條小底褲的他記得自己臉上一陣青一陣白，這是太大的羞辱，他反應不過來。

還有一次，被鎧匀硬生生的推進女廁所：「你沒雞雞的，應該用這廁所！」他沒有抵抗，就進入那傳說有女生上吊的廁所，四周森森然，空無一人，大白天也覺得陰陰的。

「不然在這裡上吊吧，死了化為厲鬼向這些人報復。」他真有這樣想過。

後來他在朋友的臉書上竟然看見鎧匀的近照。更胖了，更老了，一臉笑容的和自己的孩子擁在一起拍照。

他在想：「如果有天眼報的話，現在應該輪到他兒子被人霸凌！」

他不相信上帝，不相信惡有惡報，當他為了這些傷害在暗夜祈禱時，沒有人幫得了他。上帝都在幫妓女、吸毒者、流浪漢，他沒有時間兼顧一名受霸凌的小孩。

還有一個名叫栳楊，是他的學長。在同志A片裡，學長調教學弟是一件開心的事，那名雄赳赳大刺刺的學長多麼讓人心醉。但在現實生活裡，霸氣凌人的學長卻是一名讓人痛心的渾蛋。

栳楊長得不壞，濃眉大眼睛，厚厚的嘴唇，是學校籃球隊代表。剛上初中的尚恩還沒有發育，總覺得他長得很高，頂著天一樣。上高中後尚恩突然拔高了半呎，便覺得栳楊很矮小。大概就五呎七吧。他覺得五呎十的自己更像籃球校隊。

身材高大的總被矮小的人霸凌。是華人千年的傳統思想荼毒了大家：你我都要尊敬長輩，從他聽他依他，就算他是個一無是處的壞蛋。

每回見面，佬楊總要奚落他一番。

「你天天和女子混在一塊，雞雞大概都要退化掉了，來讓我摸摸看！」然後作勢要上來把他的褲子脫掉。「你這個死gay！」「死娘娘腔！」都是這類，他聽得麻木了。當然也有行動上的霸凌，突然走上來把他推倒在地上的，或者大力的推他的肩膀，像要和他打上一架似的。

有一回被推，跌倒在泥濘地上，整條校褲都是骯髒的黃泥，在校車上成了全場注目的焦點。不知怎麼的，就沒有什麼感覺，幾年來盡受這些恥辱，整顆心是空的是冷的。哀莫大于心死。

來自同儕間的霸凌當然可以說是他們年少無知，來自師長的言語霸凌才真正讓他難受。

尚恩記得有名戴著眼鏡的謝姓體育老師。聽說在中學時期是足球州代表這類的，那小腿粗粗壯壯，毛蓬蓬，他看著就噁心。

每回上體育課時，就用那怪腔的英文說：「你們踢球的方法一定要對，現在許多國際球星的踢法都有問題！」

他默默聽著，心裡在笑著：「水準那麼高，還需要呆在這個小鎮裡當體育老師？」他完全看不起這樣的人。

那時是兩個班級一起上體育課，老師選兩個隊長出來猜拳，輸的那方要通通脫掉上衣。於是一隊穿衣，一隊上空。

當時很瘦弱的他很不喜歡在多人面前赤裸的感覺

「真是野蠻遊戲！」他討厭足球。

他永遠都是後衛，因為球技不行，跑得又慢。總之就是一個人人看不起的 loser。

因為不是謝某心目中的馬拉度納，他經常遭到訓話。體育課是他的噩夢。

女生們如果月事來，可以不用上體育課，她們都會拿起一本書在操場邊讀。他那時很羨慕女孩子有月事。

有一回足球比賽，他的隊因為他們幾個後衛失了一球，謝某竟然將錯通通推到他身上：「你真爛，下回找個女人頂替你算了。」於是所有的男同學都笑了。

他記得那陣譏笑。那是天上突然下了一陣兇猛的石頭雨，大的、小的石頭，打在他身上，盡是痛。

連老師也認為他就是位連女生也不如的娘炮，那群男同學們彷彿得了免死金牌，霸凌更變本加厲了。

他恨他。他恨所有的人。那是一段他很想抹掉的歲月。

姓謝的當然不是唯一的那位，還有許多老師都曾經在言語上或行為上傷害過他。

沒有一個老師值得他尊重。

所以他不看《魯冰花》、《春風化雨》這類歌頌師恩的電影。

當然有好老師，可惜他遇不上——沒這個福份。

不過他一個弟弟一個妹妹，兩個卻都先後當上了老師。

「希望他們是好老師，救救一些受霸凌的小孩。」他有時會這麼想。

畢業後，他離開小鎮到首都一家美術學院就讀，立志要遠離從前的一切。

現在的他是一家設計公司的美術指導。工作很順利，剛掙錢買下自己生平第一間房子，一切漸漸上軌道，他很滿意。

偶爾他會想起中學時的事情，那些比較美好有趣的回憶——有男生偷偷寫情書給女生，趁午休時把那信封放進女生的抽屜裡；來初經的女同學把染上經血的校裙洗得濕漉漉；在沉悶的歷史課裡，坐在後面的他和同學交換金庸的小說來讀……想著想著，就記起鎧匀、栳楊的臉，然後他就突然悲從中來，開始忙別的事情。

奇怪的是，那些人從來沒有在他夢裡出現，大概是潛意識中自己把他們和那讓人心悸的大考畫上等號，一樣是讓人畏懼的洪水猛獸。

不過最近他常想起栳楊，想著他到底現在長什麼樣，活得怎麼樣。

因為最近他碰到一位貌似栳楊的人。

他們是在公共泳池裡遇上的。

每逢周六，尚恩都會到一間位於市中心的公共泳池游泳，他這習慣維持了幾年。那公共泳池是著名的同志聖地，在廁所和淋浴間裡，尚恩接觸過許多過度親切的注視。有些大膽的就直接在小便池前掏出寶貝來玩，等著各位知音。他見怪不怪。

他從不在廁所玩，覺得很污穢，整個人很下賤。

那天他在小便，突然有個人鬼鬼祟祟的走上來，在他旁邊的小便池裡方便。那人的目光在他身上游移，在暗示著一些東西，他注意到他那玩意兒是半勃的。不是在小便。

不知怎的，他覺得這人看起來很面善，濃眉大眼睛、厚厚的嘴唇、不太高的個子……像曾經認識的一個人。

當天晚上臨睡前，突然記起：「是栳楊！」

栳楊原來是同志。

他知道有些人因為接受不了自身是同志的事實，於是成為最中堅的恐同份子。美國曾發生過許多這樣的例子。電影《美國心‧玫瑰情》裡那名對子女嚴苛的退伍中校就是這樣的一名角色。活得好不自在，真可憐。

後來又在泳池遇上他一次，不過尚恩剛要進去，他趕著出來。

看著他的背影，他心想：「是栳楊！」

那個星期六早上，他如常的到公共泳池游泳。

換上泳褲，把包包鎖到儲物櫃裡。也許是因為剛下過雨，今天泳池裡的人潮少得可憐。

他套上蛙鏡，開始他半個小時的例行游泳。

上岸後走向更衣室，步向儲物櫃，拿出裡頭的包包，取出毛巾把身體抹乾，然後他就看見穿著泳褲的栳楊從容的走了進來。他剛到。

他胖了不少，肚子圍著一圈的脂肪。他眼睛邪邪的往洗澡間走去。

尚恩知道他想些甚麼。他也知道自己該做些甚麼。

偌大的洗澡間一個人也沒有。

尚恩走過去，看見裸著身體在洗澡的他。

那部位竟然已經漲得很大。

「你天天和女子混在一塊，雞雞大概都要退化掉了，來讓我摸摸看！」

尚恩快步走上前，一拳就往栳楊臉部打去。

「你這個死 gay ！」

再加多兩拳。

「你這個死 gay ！」他喊著。

繼續打。繼續打。對方早已倒在地上。

「你這個死 gay ！」他力竭聲嘶。

繼續踢。繼續踢。對方早已奄奄一息。

他哭了，狠狠的哭了，肩膀一抽一抽，好像要把這三十年來受的委屈都哭出來。

看見鮮血隨著水流從栳楊身上沿下來。

那暈開來的紅，慢慢淡化了。

像有一回他把手放進浸滿水的浴缸裡割脈時的顏色一樣，很痛。於是他把刀片丟開，停了。

連死的勇氣也沒有，唯有讓這些壞蛋繼續霸凌下去。

他知道鎧勻還好好活著，還是一名人人讚的好爸爸。

他知道謝某還好好活著，大兒子已經到澳洲深造，他退休享樂已經一段日子了。

他知道棯楊一定還好好活著。

因為眼前這個並不是他。

同學

人死燈滅，死了就是死了，塵歸塵、土歸土，一切都沒了。他一向不相信所謂的前生今世。

他也討厭葬禮上那種呼天搶地的哭號——公公婆婆死了，孝順的兒女、媳婦、子孫總得擠點眼淚出來，要不然就大逆不道，讓大家詬病。

幾年前外公過世，他親眼看見嫂嫂大力地捏了懷裡的孩子一道，於是可憐的孩子哇哇大哭起來。維國當時很氣，心裡想著：「這是做秀嗎？」從此以後，舉凡親戚間有喪事他都找藉口不出席，父母說了很多次，他充耳不聞，不去就是不去。不過今天這個葬禮他可是欣然出席。

是同班同學志晏的送別儀式，才十八歲，天妒英才。他們整個班級三十幾個人下課後就趕過來，大家都紅了眼睛，幾個和他要好的男生更哭得雙眼紅腫。維國在鏡子前排練了好久才勉強裝出那副悲傷的樣子。想到在現場還真的需要流下幾滴眼淚才能過關，真是高難度。維國現在真的覺得那些想哭就哭的苦情派演員，是另一個星球的生物。

志晏的死因無人知曉。家人第二天發現他沒下來吃早餐，摸上他房間才知道。當時的他，安詳地躺在床上。「像睡了一樣，不過摸下去整個人冰冷的就覺得有點不對勁……」他弟弟志遠哀傷的回答。他是第一個發現屍體的人。穿著短褲的志晏身上一點傷痕也沒有，不過已經僵冷了，斷氣已經一段時間了。

送去解剖後也沒有什麼大發現，後來隱約聽說是心臟病猝發這類的。志晏是學校的田徑好手，一向都很健康，大家聽見他有心臟病，都難以置信。維國的父母更是感慨：「棺材裝的是死人，不是老人……唉，這可憐的孩子。」第二天即刻帶弟弟和兩個妹妹去做體檢。

維國很慶幸志晏是教徒，至少不用聽那些誦經、打齋這類的，他最怕這一套。

來到葬禮現場，他就感受到那沉重悲傷的氣氛，黑白灰藍，蔭翳重迭，像重重的棉被壓了下來。他幾乎轉身就想逃。

他們班上送來的花圈被擺在很顯眼的地方，淡白的一圈，是給志晏上天堂當天使時加冕的光圈嗎？「哈，天使？他也配？」維國心中盡是不屑。他恨他。

看著志晏的黑白遺照，笑得多燦爛啊，很陽光很好看的一個大男孩。他百感交集：「完結了嗎？一切都有定論了嗎？我就是最後贏家？」想著想著，不知怎地，那眼淚就不聽使喚的流了下來——原來他也是外星人。他覺得自己掉下來的是鱷魚眼淚，每一顆都滋養著他心中的仇恨之花，它們正恣意地盛放。

同學都排著隊等著瞻仰遺容，一個比一個哭得淒慘。維國走著走著，想起他和志晏過往的點點滴滴。

他們倆是同窗多年的「精英班」同學。所謂的「精英班」當然是唯有成績最出色的那些學生才有機會入讀。他和志晏是班上最特出的兩位，成績不相上下，有時是他第一名，有時又讓志晏爬了頭。在課外活動方面，兩人也是平分秋色，他是籃球隊的學校代表，志晏則是田徑好手，在百米賽跑上更屢破學校紀錄。

兩個都是學校裡的風雲人物，大家免不了會作出比較。師長們有的偏愛志晏，有的卻覺得維國比較討人歡心。兩人都是屬虎，所以有時老師們會打趣的說：「一山不能藏二虎！」

那些仰慕他們的學弟們也分幫派，愛維國的會看不起志晏；喜歡志晏的會很不屑維國。每逢情人節、運動會什麼的，彼此的粉絲都會發功：送花、送蛋糕、拉布條等……各出法寶，一定要比對方比下去。

維國和志晏表面上是好朋友，表面上。實際上維國是徹頭徹尾的恨他。愛一個人和恨一個人同樣不需要理由。

恨他長相好。維國五官其實不錯，是典型的單眼皮帥哥，不過皮膚卻從小就黝黑，志晏則是白裡透紅的男生，他從小就聽過「一白遮三醜」這句話，總覺得人還是長得白皙一點才會好看。他對於自己黑炭一樣，看起來很骯髒的肌膚很不滿意。那些志晏的粉絲就常拿這點來攻擊他，說他黑黑的，看起來就是一副窮酸樣，不像志晏有貴公子氣。成績再好，他也可以追上來，不過長相這東西卻是天生的，上天不賞你一副好模樣，那也無可奈何。

志晏當然是貴公子，父親是地產大亨，每天都有司機載送回校，每年暑假全家外國出游，回來後就會在班上炫耀。「東京的迪斯尼樂園真的很大！」「巴黎東西實在太貴！」維國來自小康之家，父親是一家印刷公司的主管，三餐無憂，但說不上是富貴。他恨他家底好。

總覺得上天偏幫他，所有的好運都在他那邊，一切美好唾手可得。是志晏讓他很早就知道「人生不公平」這個事實。他知道志晏也不喜歡他，不過他們兩人都是演技派，表面上都好好的。但是相熟的朋友都知道，大家都盡量不去挑起火頭。

志晏是最佳的公關人員：「老師，你讓維國去執行吧，這麼艱難的工作我覺得自己勝任不來。」於是大家都說他識大體，有禮讓精神。只有維國知道一切都只是表面功夫。

維國偶爾會向好友們發牢騷說志晏什麼什麼的……不過就僅此而已，彼此河水不犯井水，相安無事。直到棠漠的出現。

棠漠是轉校生。是一名長得有點像楊佑寧的男生。他第一天到來，維國看見他的第一眼，那顆心就不停的亂跳。

棠漠剛從國外回來，所以國語說得怪怪，總夾著一兩句漂亮的英文。維國最愛聽他說話，「Well，you know……」他喜歡他那薄薄的唇，心裡想著：「幾時才有機會可以吻下去？」

在他的學校裡，男孩和男孩走在一起的事是個公開的祕密，連師長們都知道，大家見怪不怪。維國見過躲在廁所裡頭的四腳獸，還惡作劇的大力敲廁所門，然後逃之夭夭。

於是他開始約棠漠外出，看電影、吃晚飯、喝咖啡……所有熱戀中的人會做的事，他都做了，恨不得二十四小時都有棠漠在眼前。維國聽同學們說過初戀時的感情最濃烈，他感覺自己每天都讓愛火燃燒煎熬。

慢慢的也對他了解更多：是家裡獨子，父親是外交官，所以跟隨父親的腳步住過許多國家，那一口蹩腳國語是在雪梨的時候和一群大馬同學交談時學回來的。他只會在這裡呆上兩年，接下來就會到美國深造了。

「兩年？」這麼短。維國聽見後有點落落寡歡。

他們兩人也是發乎情，止乎禮，是所謂純純的愛情。維國不知道棠漠意願如何，不敢輕舉妄動。這讓他很鬱悶。

棠漠也是籃球好手，所以很快的就加入維國的籃球隊裡。練習完後，滿身大汗的棠漠總脫剩一條內褲在更衣室裡走動，維國見到他那線條分明的身體，總帶點少女的羞澀，想光明正大的看個夠，卻又不夠膽，唯有用餘光快快的掃瞄一遍，身體很快就有反應，他也唯有很快的逃入洗澡間裡讓自己冷靜下來。

有一回他們在校際比賽裡贏了，大夥在更衣室裡按捺不住興奮，又跳又喊又叫。穿著底褲的棠漠突然從後面來了一個熊抱，兩副汗淋淋的身體黏在一起，他當下就感到了，那凸起帶硬度的物體，維國當晚就發綺夢。

在夢裡，他們兩個糾纏在一塊，在草地上、在課室裡、在洗澡間裡……維國從來沒有發過這麼荒唐的夢。

有一段時間，他的世界中心點就是棠漠、棠漠、棠漠。

所以當聽見志晏和棠漠在一起的事時，維國整個人都崩潰了。他們兩個人的地下情掩蓋得很好，完全沒有一點蛛絲馬跡。維國只是發覺棠漠近來偶爾會推掉他的一些飯約，說要為父親辦理事務，他當然沒有懷疑什麼——棠漠只是一名孝順乖巧的孩子。

直到他其中一名好友說起：「棠漠原來和志晏在一起了！」維國聽了後，整個人呆立現場。後來聽到更多，有人見到他們一起看戲，他在志晏家過夜，甚至在學校的廁所裡當四腳獸……維國的世界從此一片荒蕪與死寂。他麻醉自己：「一切都是謠言，要親眼看見才會相信！」

接著在某個長假之後，志晏帶著古銅色的身體回校，棠漠竟然也有讓太陽洗禮過的痕跡。志晏倒大方，在班上半示威似的說：「棠漠睡覺時的打呼聲真的可以震動一整村的人！」棠漠在一旁尷尬的傻笑。原來兩人剛到東南亞的某個小島渡假。這根本就是戀人間親暱的舉動，維國看不下去，一個人躲進了圖書館。

上課時間的圖書館沒人，正好讓他躲在一個角落裡偷偷的哭。

「志晏，你真的要把我身邊的一切都搶走才甘心？」心裡咒罵著。

「心好痛，該怎麼辦好？」

突然一張紙從書架上掉了下來。

那是一張早已發黃的紙，上頭斑斑點點，有一些潦草但依稀可以辨認的字跡：

「必死咒」

這三個字大剌剌的戳了他一下。

必死咒？是上天給他的答案嗎？

「用紅紙，剪一個人形，寫上想詛咒的名字、生辰八字，附上一小片他的衣物，唸此咒語七天……四十九天內他必死無疑。」

維國細細的咀嚼這些句子，莫名的興奮起來。

也許是邪惡的魔鬼（他當然希望是仁慈的上帝）聽見了他的禱告，維國覺得一切會有一個完美結局。

趁一回午休時，維國偷偷的剪了志晏放在抽屜裡準備替換T恤的一個小角，當晚就開始這個詛咒。

四十九天後，果然發生了。聽見志晏猝死的消息時，他心頭震了一下，「這東西好可怕！」不過想到棠漠也許會重回他身邊，維國又心寬了起來。

他看著志晏的遺容，白得像雪一樣，整個人像睡了一樣的安詳。

「維國！」

他轉過頭去，是雙眼紅腫的白頭人，心愛兒子的無故逝世傷透了她的心。

「維國，你一向都是志晏的好兄弟，伯母很感激。我們在他房間裡找到一些也許是你的東西，現在都交還給你。」

她帶點顫抖的遞給他一個紙袋。

「謝謝，伯母，節哀順變，多多保重。」接過紙袋後，維國冷冷的瞄了一下，四、五本漫畫，幾片DVD，都不是他的東西。

還有一包衣物，維國不耐煩的搜了一陣，裡頭突然掉下了一個紅色小包裹，他愣了一下。

「什麼東西呀？」他心裡咕噥著。

慢慢打開一看，一個包有一片小藍布的紅色小紙人，寫著「李維國」三個字。

「用紅紙，剪一個人形，寫上想詛咒的名字、生辰八字，附上一小片他的衣物，唸此咒語七天……四十九天內他必死無疑。」

「維國！」棠漠剛到，輕輕的叫喚他。

他卻什麼也聽不見，只感覺自己瞳孔無限制的擴張，四周一片漆黑，看見志晏笑得很燦爛，慢慢的向他招手。

2

背叛

這個年頭同志要找伴還真不簡單，所以狄麒身邊一票的孤男寡女。好友恩爍說得最中肯：「在茫茫基海裡找一個好男人，和在百貨商場大促銷時找一條三十二吋腰身的筆管牛仔褲一樣難如登天！」他自己的確曾經為了找一條三十二吋腰身的筆管牛仔褲而耗上大半天，回家後還被倪洱怨了幾句。

狄麒自認是幸運的一位，和倪洱相守十年，朋友都說他們是同志界的模範伴侶。有的甚至說他們是像小龍女和楊過一樣的「神雕俠侶」。狄麒在城中某個同志愛泡的咖啡館裡聽到這句話時，差點把口中的冰咖啡給噴出來，連忙笑著回答：「什麼神雕俠侶，我們兩個的都不是神雕。」定了定神，他繼續說：「而且走在一起十五、二十年的都有，我們這些算什麼？」

「可是你們一直都不偷吃，其他的都是表面上看來甜蜜恩愛，背地裡各偷各的。」

「嗯。」狄麒微微點頭。身邊人倪洱出城公幹了，他聽見這句話也許會很開心吧。開始交往時，倪洱就對他說：「要深愛對方，不准偷吃。」他把「身心都要完全奉獻給另一半」這東西看得最緊，最看不起那些所謂的「開放式親密關係」。於是他們成了人見人羨、守著真愛盟約，一生只睡一個人的神仙眷侶。

「那你們誰是楊過，誰是小龍女呀？」在一旁玩著手機的恩爍突然問。

「初一時我是小龍女，十五時我是楊過。月圓時我最獸性大發。」狄麒笑著答。

「哇，你們一個月才總共愛愛那兩回？難怪可以撐十年那麼久了。要不早就對彼此身體都膩了。」恩爍口無遮攔的答。現場一陣爆笑。狄麒心中暗虧：「現在真的是一個月只親熱那一兩回。」同一具身體，幾乎每寸每分都摸過吻過舔過，昔日的激情都讓歲月磨耗掉了。在床上，熟悉感是一種讓人不想前進的鎮靜劑，新鮮感才是讓人不斷往前衝的催化劑。再美味的魚翅，天天吃也會反胃。

今年踏入三十歲的他，大學時期就和倪洱在一塊。大家在同志夜店裡認識。記得是他先過來搭訕，在吵雜的音樂裡，在暗黑的環境裡，一個高大的身影突然向他走過來，第一句話就是：「我喜歡你的T恤，哪兒買的？」狄麒當時心想：「算你有眼光。」他身上披的是某位就讀服裝設計的朋友製作的T恤，只此一件，別無分行。白色的T恤上有兩顆大大的眼睛，藍色的眼珠是用亮片縫上去的，在黑暗裡閃著眨著，睥睨、窺看、勾引他的獵物，倪洱就這樣給誘過來。在舞池裡上空狂舞的壯男有兩粒大波，狄麒有兩顆大眼睛，釣人的功效一樣巨大。很慶幸他搭訕的對白不是什麼「你爸爸一定是名大盜，因為他偷了天上最亮的星星放到你的胸前……」這類在網路上的爛掉牙台詞，要不他一定當場狂笑倒地不起。

兩人熱絡地談了一車子的話，雖然彼此年齡相差七歲，但卻難得有共同的話題。夜店打烊後，倪洱還熱心地把他載送回郊外的宿舍去。他喜歡倪洱忠實敦厚的樣子，國字臉型，戴著一副眼鏡，讓人感覺不是銀行家就是大學教授，很有信任感。因為常打網球的緣故，手臂粗壯，肚子平坦，以他的年紀來說，身材還不錯。約會了幾次，就上床了。

狄麒性經驗本就不多，他還記得愛愛途中倪洱突然「啊」的一聲，一臉痛苦：「不要用牙齒。」他握著狄麒的老二，一臉無辜的看著他——咬到了？留下愛的痕跡。希望他痛並快樂著。不過萬幸的是兩人都全能，一、〇兼可，所以床上沒有大問題。慢慢的兩人就在一起了，所謂的「從一而終」——他生命裡只有這個男人。

他有時真覺得自己就是「小龍女」，見到生平第一個男人就果斷的拿慧劍把所有未來情絲通通引刀一抹，死心眼的跟著愛郎到天涯海角。他對自己的把持能力也感到驚訝。大家都知道同志界裏的誘惑實在太多，你我都是活在盤絲洞裡的唐僧，蜘蛛精、白骨精、青蛇、白蛇在那裡張牙舞爪，無時無刻的等著你。

狄麒不去桑拿、按摩院，不上聊天室。生活裡最大的盤絲洞就是健身房，那裡太多妖精垂涎他的肉。他知道自己長得不算差，年輕的時候還玩票性質的拍過一些廣告，眼睛笑起來就瞇成兩條美麗的彎月，是所謂的陽光少年。倪洱也說自己笑起來最美，可以融化最嚴寒的冬季，狄麒聽了笑得更是燦爛，再回敬他一個熱吻。奇怪的是年輕時從來沒什麼人來撩他，但走到二十歲尾端，那些情欲陷阱突然毫無預警的一個個在他眼前跳出來。

有一回剛從洗澡間出來，有名剪著小平頭的精壯小夥子突然就把一張寫著電話號碼的小紙硬塞給他，然後一陣風的跑出去。裸著上身的他站在那裡不知所措，當時就想：「難道這就是所謂的熟男魅力？」不禁失笑。

他一直都把持住，想著倪洱，想著他們的真愛盟約。再多的帥哥於他也如浮雲，倪洱才是雲層後的太陽。「回家打個手槍就好。」狄麒常常這樣安慰自己。他有時覺得自己的身體是一個城堡，保衛森嚴，城門鎖上，鑰匙早就給了他。其他人不得其門而入，只能望洞興歎。惡名昭彰的七年之癢並沒有發生。
　　不過見到歷思後，那滴水不漏的城堡就塌了。他是日菲混血兒，微卷的頭髮、精致的五官，用國色天香來形容也不過份。大約是四點左右，健身房裡空空的，在跑步機上看見歷思姍姍走來，他眼睛就亮了起來，瞳孔深處有欲火燃燒。是那炎熱的天氣？是他手臂上的強壯線條？是他和倪洱太久沒溫存了？是……他要為自己澎湃的情欲找個心安理得的藉口。
　　是歷思開始話匣子，忘了談話的內容，他只記得兩雙眼睛在不安分的調情。一個小時後，他們在洗澡間裡吻著、吹著、舔著、喘息著，蓮蓬頭的水灑在在歷思茂密的頭髮裡，沿著他尖尖的下巴滴下來，像一尊即將被濃濃欲火融化的神像。狄麒是個虔誠的教徒，跪拜著，舌頭幽幽的探索。他一直提醒自己：「不要太大動作太大聲，外頭可能有人……」，「不要太大動作太大聲，外頭可能有人……」戰戰兢兢裡放縱情欲，這就是「偷」的樂趣。直到彼此的熱情都一瀉如注後，看著那在自己胸肌，隨著洗澡水往下流的白色精華，他才回過神來——整個人突然給淘空了。

那天從健身房回家後，狄麒就惶惶不安，不斷咒罵自己，怪自己太他媽的淫蕩，怪歷思長得太他媽的好看——我淫蕩，我出軌，我該死，我淫蕩，我出軌，我該死，我淫蕩，我出軌，我該死……像個犯錯的小孩等著父母回家，準備受懲罰。倪洱對愛情這麼忠誠，他毀了他們之間的真愛盟約——他配不起他。

倪洱如常回來，順道把兩人的晚餐也買回來。吃飯時，倪洱說著上司的一些壞話，平常他都是靜靜地聽，偶爾點個頭什麼的。今晚他更要竭力地把自己按捺下來：「不能表現得太興致勃勃，不然他一定會懷疑。」吃了晚餐，大家一道看DVD，說說一些家常話。十一點左右就上床睡覺了，什麼事也沒發生。一切都好，沒有煩惱。

「你難道就看不出我眼裡、我臉上寫著的抱歉？」狄麒心裡空喊著：「別人看不出來不要緊，可你不是別人呀。」他有點失望，但也慶幸事件就這麼告一段落，把這個小祕密好好密封，匿藏起來，像用過的套子一樣丟得遠遠。明天早上醒來，他們還是會繼續恩愛，攜手走下一個十年。

才躺下來沒多久，倪洱擱在床邊小几的手機就傳來短訊。狄麒沒理會，他猜想一定是那工作狂上司。常常在夜深時分就傳短訊來叫倪洱準備這個準備那個，煩不勝煩。有時在親熱，倪洱收到短訊，當場就軟下來，性致全無，讓狄麒在床上空煎熬，他恨死這個無良老板。老板老媽老爸的一通電話一則短訊，都是性愛的劊子手。

倪洱讀著短訊：「明天午餐時間，我家見，這回多一個〇號，OK嗎？」看看在一旁早已入睡的狄麒，他回：「好。」然後再度躺到床上。閉上眼睛後，腦海裡一直浮現著這幾個星期和他抱在一起的畫面……萬一狄麒知道了怎麼辦？不會那麼容易知道吧，他們都選擇在午餐時候見面，所以下班時間都如常回家，他一直都是狄麒心目中的好男友。偶爾也會內疚，是他要求彼此守真愛盟約，現在竟然是他背叛他……真是無恥。不過想起他的眼、他的眉、他小小的乳頭，他就莫名興奮，難以自己——實在等不及明天了。

不變

傑禮在理髮廳裡不自覺的哼著正在播放的〈愛上一個不回家的人〉時突然驚覺，自己開始老了。他曾經在臉書上看過一則貼文，大意是如此：「人老了最大的一個改變就是對現在的東西看不過眼，開始懷念過去的美好——歌是從前的比較好聽，戲是從前的比較好看，連人的質素也是從前的來得高。最要命的是經常忘記早上做了什麼，午餐吃了什麼，但二十年前某首熱門金曲的歌詞卻倒背如流。」他現在就是這副模樣：日子過得太匆忙，不知老之將至。

上個月和一班年輕同事到KTV唱歌時，驚覺他們點的歌，沒有一首熟悉。同事們揶揄說：「你很OUT耶。這些歌曲現在都當紅，這些歌手也是新晉的天王天后。」傑禮不示弱的答：「現在的男女歌手只會搞包裝玩特技，完全沒有實力，我一個也聽不下去。」說完後才想起很多年前，老爸也說過同樣的一句話。老了。罷了。

其實他早該知道，卻不願承認：從前一天三發還是精神奕奕昂首抬頭，必要時可以再來兩發；現在是三天一發，事後還要累得像剛經歷一場艱辛戰役。再來一發？發神經。讓老子先睡個夠。

同學們都已經成家立業了，從前學校裡最美、最人氣、最讓男生們瘋狂、最消耗男生精液的三朵校花都已經成為人妻。在臉書上看見她們和丈夫孩子的照片，竟然都已一副中年婦人的模樣。光陰似箭，日月如梭。

傑禮心裡想：「女人果然比男人老得快。」賈寶玉那句話：「女人沒嫁人是珍珠，嫁了人是魚眼珠。」絕對沒錯，曹老師是先知。不過看著這三名發胖水腫了大約十公斤的前校花，他覺得應該改成：「女人沒嫁人是珍珠，嫁了人是肥豬。」上天對全人類最大的福澤就是送來了歲月這個東西。美人醜人矮人高人肥人瘦人老了都是老人。逃不掉，躲不過。

一直以來都有健身和保養習慣的他，慶幸自己在各方面都保持得還不錯。就快踏入不惑之年了，站出來還是有人猜說才三十而已，讓自己的虛榮心大大滿足。

曾經在購物商場裡遇見一名從前在學校運動會上叱吒風雲的短跑選手，他中學時無數綺夢的對象之一，那個腹肌像是用刀刻出來的一樣明顯，令人有想舔的衝動，想像自己正在舔著巧克力，帶有濃濃罪惡感的歡愉。現在的他是完全走樣，那臉蛋比十五的月亮還要圓，那五官都讓肥肉擠成一團，那身材更是驚人——大概只差三磅就可以加入相撲選手的行列。傑禮很想好好的走上前去，來一頓訓話：「你怎麼可以如此自暴自棄？完全褻瀆了我的純情青春夢。」不過聽說他現在是名保險經紀，那還是算了。保險經紀比癡心的舊情人還要難搞，給他們纏上肯定永無寧日，沒完沒了。

傑禮閒來愛逛同學們的臉書，看看大家的近況：原來甲女真的嫁給另一班的乙男了；丁女現在還單身，成了咱們那班的齊天大剩；丙男竟然有六名小孩，真是生孩子機器，多恐怖……潛意識裡他是在尋找一張懷念的臉孔，尋找一個好久不見的男孩。

不記得在哪裡讀過一句話：「中學時期的初戀，就算只是暗戀，也充滿純真情懷，沒有心機，坦蕩美好。多年後回望，會覺得這才是真愛。」他想起了愷邇，那完美的暗戀對象。「是真愛，就算不是，那樣強烈的感情也不會再有了。」傑禮是這麼認為。

兩人是小學四年紀直到高中畢業的同班同學。愷邇濃眉大眼大鼻大嘴巴，高頭大馬，是排球隊隊長，而且也是馬拉松長跑好手。傑禮後來幾任男友都長得這個樣子，他也是因為身邊的朋友指出：「你就是愛深山野人這樣的LOOK！」才知道自己愛的是這類粗獷型，日語中所謂「Koi」的長相。

運動細胞不發達的傑禮，因為喜歡他而加入排球隊。知道傑禮打得不是很好，愷邇一直不吝惜給予鼓勵和指導。「對我太好了！」傑禮心裡頭有愛苗在慢慢滋長，有聲音迴盪不散：「這是愛！」

他努力練球，腳上常一塊青一塊黑的，母親看了雪雪呼痛。不過打球這東西還得真要有點天賦，他汗流得再多，練習得再勤快，卻還是技不如人，永遠只能當候補，上不了場，只能在一旁歡呼打氣。從來就走不進愷邇的世界，傑禮沒有埋怨，只想和他在一起。而愷邇在球場上瞬間殺球的英姿在他記憶裡早已定格成永恒，是他生命裡最美麗的畫面。

愷邇是班上最早進入青春期的男生。班上男生和排球隊隊員都在論著他那有毛有翼的老二，據說硬起來很有看頭。都說因為偷看哥哥私藏的A片，荷爾蒙受了刺激，他才會發育得那麼早。排球隊隊員雖常有機會一起換衣洗澡，不過大家都是含蓄的東方人，遮遮掩掩，彼此以禮待人，傑禮也不敢明目張膽的看。不過哥兒都常常一條內褲在洗澡間裡走來走去，傑禮記得愷邇有一條黯棗紅色的內褲，前面隆起的一大塊，總讓他聯想到菜市場裡那油亮的豬肝。

有一回愷邇在他前面包著毛巾準備穿上內褲時，在他套上的那一刻，在那〇．〇五秒的瞬間，傑禮窺到他那結實的臀。這麼一眼就記下來了，也不知道算不算大飽眼福。後來他打手槍時腦海都不停回播這一幕。他看港台日韓的偶像劇裡，常有男主角身上的毛巾突然落下，讓女主角大飽眼福的戲碼，不過在現實生活裡，那毛巾捆得又穩又實，再強大的颱風來也吹不走。現實人生比較可惡。

又有一次，在學校男廁裡小便，他拉開拉鏈後，揚起眉毛故作神祕的問：「要看嗎？和你的不一樣。」傑禮當時羞得別過頭去：「神經病啊！」他放肆的大笑。傑禮心如小鹿亂撞，真怕他也恨不得他轉過身來，把老二面向自己。他會不會當場跪下來，把它放進嘴裡呢？這可是他的終極性幻想。當然是什麼也沒有發生。回到家後只想撞牆，幹嘛不看？幹嘛不看？看了最多是長針眼，不看卻是一輩子的遺憾。他看不起假矜持的自己。

偶爾會乘愷邇的電單車一起回學校練球。一回練球後約了同學看電影，兩人練得全身濕淋淋，汗臭味沖天。傑禮因為忘了帶替換衣服而苦惱著。愷邇說：「到我家洗個澡，可以穿我的衣服。」要到愷邇的房，要上愷邇的床……坐在後座的傑禮恍恍惚惚，想像著待會兒的千百種可能。那是一段漫長漫長的路程。

終於到了他的家，進了他和哥哥共用的小房，到處都是哥哥的漫畫書。他看見書桌上有台電腦，裡頭應該藏有不少A片吧？他想說：「不看電影了，我們一起看A片打手槍吧。」這句子就在嘴邊，可是喉嚨發乾，他說不出來。

愷邇在衣櫥裡搜出幾件T恤和短褲來：「自己選。」然後把一條深灰色的內褲在他面前揚著：「這個沒辦法，只剩這一條。」傑禮若無其事的接下那條內褲。「可以啦，可以換就好。」愷邇把上衣脫掉，露出精壯的上身，笑笑說：「那我先去洗了，你隨便坐坐看看吧。」傑禮什麼也不敢碰，只是靜靜的坐在他的床上，深藍色繪有大花朵的床單，那是盛放的情花。「他會在這裡打手槍嗎？」他默默的問，悄悄亢奮。

愷邇洗完澡出來，穿著一條短褲，用毛巾抹著頭髮：「到你了，裡頭的沐浴露洗髮露什麼的，通通都可以用。」傑禮問：「有毛巾嗎？」愷邇再抹了幾下頭髮，把毛巾遞給他：「你不介意吧？」傑禮點了點頭，拿了毛巾和衣物就到洗澡間去。「怎麼會介意呢？」他心裡想著。

洗澡間不很大，地上是淺藍色的方格瓷磚，白色的牆上掛著一片大鏡子。他看見鏡子裡的自己，嘴角竟然微微向上望，那內心的喜悅是罩不住了。「他會在這裡打手槍嗎？」不然他也來一炮吧。不行。也許待會有更精彩的戲碼要上映。他興奮的幻想著。

洗完後，抹乾了身子，穿上那內褲，那部位立刻隆了起來。和他有了間接的肌膚之親：他在套著他。回到家還捨不得脫下來，穿著入眠。當天晚上就夢遺了。當然不是第一次，不過這回卻有把那神聖的內褲褻瀆了的罪惡感。

後來他們就只是去看電影，看完後大夥就一起吃夜宵，然後就另一名和他住同區的隊友送他回家。什麼事也沒發生。傑禮多年後在同志A片裡發現，男一通常會在那個時候那種情景把男二推到在床上，然後開始調教。現實人生比較可惡。

有一回在打球休息的空檔，他問：「幹嘛你們都愛看女和女的A片？」愷邇一本正經的答：「刺激啊。女人線條多美，看著打手槍時有多爽！」那大眼閃爍著異樣的光芒。後來他在許多炮友眼裡都看見同樣的眼光。傑禮聽了有點噁心，不願想像他眼睛盯著螢幕上兩名在肉搏的裸女，手在沸騰口在喘息的情景。他半開玩笑接下去：「那兩個男的呢？看過嗎？」曾經偷偷到夜市場買過同志A片光碟，那賣片的小子見到他拿了封面上兩名半裸健壯洋男的光碟時，突然說：「你要這個？這是gay的，變態的。」傑禮冷靜的答說：「我就是喜歡變態。」

愷邇睜大了眼睛：「兩個男的？怎麼行？好噁心啊。」當下他身體某些部分就碎掉了。沒有再問下去。他隱約知道自己會得到這樣一個答案。不過總還是抱著一絲希望。佛洛伊德不是說過每個人都是雙性戀的嗎？

「這個男人永遠不會愛我。」他心裡喃喃自語。「不過不能阻止我愛他。」對自己能夠不求回報的愛，他感到無比偉大。要到後來的日子裡，才知道年輕時的自己又傻又天真，簡直是白癡。

高中畢業後，同學們自是各奔東西。愷邇決定到澳洲升學，傑禮則到另一個城市繼續求學。分分合合原是人生的真諦。聽到愷邇要走的消息後，傑禮百感交集：越美麗的東西越早結束。想到再見面時，一切都回不去了，他在洗澡間裡狠狠哭了一場。

同學們替愷邇搞了一個歡送會，整個晚上他強顏歡笑。愷邇似乎察覺了，走了過來，拍拍他的肩說：「你得空要來澳洲找我玩。」他默默的點頭，眼眶莫名紅了。愷邇突然對著所有同窗大聲叫嚷：「你們要快點替我這名害羞的兄弟找個好歸宿，好好把他嫁出去。」現場一片笑聲，傑禮完全笑不出來。他還是走了。傑禮托詞忙，沒到機場送行。能免則免，他不知道到了機場會說出什麼傻話做出什麼傻事。

到了澳洲，他們開始還是有電郵聯絡，他長長的電郵結尾時常常寫著：「I miss you.」愷邇的回郵永遠就是三言兩語，說課業很忙，墨爾本天氣很好，食物很貴這類。傑禮越寫越意興闌珊，後來他也忙起來，漸漸的兩人就失聯了。他在澳洲完成學業後，還在那裡工作，而且就此和所有同學失聯。偶爾從友儕裡聽說一些些：他全家都移民過去澳洲了；他結婚了；他有孩子了……傑禮也出來工作了，認識人了，談戀愛了，同居了，分手了，又談戀愛了……愷邇的影子慢慢淡出。不過他心頭有一個角落，一直有他的存在。

有群熱心的同學每年都在農曆新年期間搞聚會，不太愛熱鬧的他一次都沒出席。這回特意飛到從前住的小鎮參加同學會是為了要見愷邇，同學告知說他會出現。

下機後，拿著一個小包包的他輕快地往機場大廳走去。好久不見的同學正在在外頭等著他，準備帶他去吃午餐洗塵。這個時候耳邊突傳來久違了的一把聲音：「快點把麵包吃完，我們要出去了……」他轉過頭去——是他。是愷邇。

他牽著一個小孩，旁邊有一個大肚女人。八年沒見了，他還是大眼大鼻大嘴巴，可是肚子也更大，整個人發脹得厲害。不知何時架上一副眼鏡，整個人看起來很笨拙很憔悴。怎麼可以變成這個樣子？難道真的是桃花依舊，人事全非嗎？他真的愛過這麼一個人？他反應不過來。

「不去同學會了。」他喃喃自語。

耳朵

乃德在朋友堆裡永遠是最沉默的一個。無論是什麼生日聚會、好姐妹相愛周年慶，他都是話最少的一個。在卡拉OK裡大家酒酣耳熱，聒聒不停，熱烈談天說地，high爆了的唱歌，整個場子氣氛高漲，開心的能量像熱情的夏季，但乃德還是靜靜的坐在一旁，像寒風肅殺的冬季。他只是臉帶微笑的看著大家，偶爾說上一兩句話，感受那份群體的喜悅。

「認識乃德快五年了，好像總共沒聽他說過十句話。」友儕裡最聊得來的艾偉，有回當著他的面說。

「真的耶！」

「好像沒有聽他連續說過三句話……」

「他應該去當手語老師……」

「在床上也這樣嗎？」

「在床上何須多說話，身體語言就夠了……」

你一言我一語，開著他的玩笑。

「哪有這麼誇張？」乃德沒好氣的辯護著。

「哇，這是他這個月所說的第一句話耶！」現場又一陣哄笑。他也跟著笑了起來，這類玩笑他聽得太多。他當然不怪艾偉，認識很久了。

「我沉默但我不陰沉。」他有時會自嘲說。長得有點像漂白版溫昇豪的艾偉聽了總會翻白眼。

他看過韓國鬼才導演金基德的電影，裡頭的男女主角都沉默是金，靜靜過活，他喜歡那種無聲但帶點詭異的氛圍。山雨欲來風滿樓。好像靜靜流著的河水，底下也許有無數暗流。

儘管乃德很解 high，有讓任何熱場子突然下冰雹的能力，在朋友間卻很受歡迎——因為他有一雙忠誠的耳朵和緊閉的嘴巴。祕密給了他，就立刻緊密封瓶，百年後也不會洩露出來，比銀行的保險箱還要可靠。

他們要的只是一個聆聽者，到底該怎麼辦，下一步怎麼走，他們心中有數。乃德從來都是「嗯」、「啊」的簡單回應，從來不給一個正確明朗的答案。不是他們，怎麼知道他們有多痛？什麼「我明白你的痛苦」、「我了解那種艱難」從來都是廢話。

乃德有時會突發奇想，成立一個情傷熱線什麼的，每通電話收費若干，這些年來累聚的錢大概夠他出國旅行了。

第一個懂得利用他忠誠耳朵的是阿懇。

他男友劈腿，痛不欲生。幾乎是一句話加一串眼淚。阿懇的男友根本就是一名渾球，乃德曾經收過他的短訊，要約炮。他當然什麼也沒說。阿懇現在發現真相，還真是福報。

阿懇說：「三年的感情就這樣完蛋了……」乃德聽著。

阿懇說：「他說他還是愛著我，我該不該相信他呢……」乃德還是聽著，什麼也沒說。

阿懇說：「現在心真的很痛……」乃德仍然聽著，依舊什麼也沒說。

看著他梨花帶淚，扭曲的五官像一坨皺成一團的泡菜。男人哭起來都不怎麼好看。

他只記得阿懇拋下的一句話：「同‧志‧的‧戀‧情‧大‧概‧都‧沒‧有‧好‧結‧果。」一字一重鎚，敲打他的頭腦，激蕩他的思想。今朝吾軀受此苦，他朝君體也相同。

也許乃德守祕密的好品行有口皆碑，傳了開來，然後就有很多人開始找他盡訴心中情了。

甲的情人劈腿；乙愛上了男友的最好朋友；丙有一回酒醉後竟然和朋友的舅舅玩在一塊……諸如此類，形形色色，乃德都聽過。有些匪夷所思，像小說一樣駭人聽聞的，剛開始聽見時還會吐吐舌頭表示不可置信，心裡想「你在開玩笑吧？」現在是完全見怪不怪——甲男要做變性手術，然後嫁給高中時的學長。噢，早聽過了，再來一些曲折離奇的吧。

半夜三點手機響了，電話另一頭的男人在啜泣，睡眼惺忪的他勉強的聽著那斷斷續續的說話「他竟然就這樣走了……嗚嗚……說我不了解他……嗚嗚……怎麼辦好？」在裝潢典雅的義大利餐館裡，一起吃著飯的男兒，說著他前男友的事：「我們從前常在這裡一起晚餐……」「聽說他搬家了……」說著說著，那眼淚就成串成串的掉下來，乃德當時心裡想：「我是在看著瓊瑤的戲嗎？怎麼眼淚說掉就掉？」這可是繁忙的午餐時刻，許多人都轉過頭來看戲，有些上班女郎已經開始竊竊私語，大概是把乃德說成負心漢，眾目睽睽下把愛人弄哭了。

在夜店裡他遇上更多，幾杯黃酒下肚，一個兩個都急著把心掏出來。所以他都不跳舞，不找男孩，只是悶悶的喝酒，靜靜的聽著他們的故事。「他說走就走，好狠啊……」「他腦子裡到底在想些什麼，我真的不知道……」千錯萬錯，錯在「情」這個字。

他也是個凡人，所以闖不出情關，不過他一直把自己處理得很好，把情花所有礙眼的枝椏都修得整整齊齊，旁人完全看不出來。有時艾偉會一臉疑惑的說：「你這個人是怎麼了，帶衣修行是嗎？」乃德也只是回一個笑臉。他自己心裡有數。

一個接一個，乃德永遠都在聽；豎起一雙忠誠的耳朵，乃德永遠都在聽。「可惜文筆不好，不然拿這些故事來寫寫小說，可以一舉成名也說不定。」他有時會這樣想。

最後連艾偉也找上他了。艾偉？那名經常嬉皮笑臉，樂觀積極的艾偉？他最最親愛的艾偉？他怎麼也有問題。看不破「錢」字還是脫不了「情」字？

愛上了異男同事。開場白是「聽了過後千萬不要說出去」，乃德默然。這句話當然聽過上百次。艾偉娓娓道來。

同事四年了，他不知何時開始默默的愛上了他，儘管知道他有一名就快談婚論嫁的女友。飛蛾撲火、執迷不悔、情不自禁，這些形容詞都用得上，是一場無可救藥的單戀。乃德聽著，腦子想著那同事到底長什麼樣子才讓艾偉神魂顛倒？怎麼從前沒聽他提過？

有點鬱悶。他一直以為，在這個朋友圈裡，沒有一個祕密逃得過他的耳朵。

那是一個炎熱的下午，坐在咖啡館的他也感覺到外頭那凶猛太陽的灼熱。有點暈眩。

艾偉說：「知道他喜歡科幻武打片，逼自己陪他看，雖然很討厭那一大堆變型的機器人……」乃德還是聽著。什麼也沒說。

艾偉說：「他和女友下個月就要訂婚了，我還被要求當伴郎……」乃德仍然聽著，依舊什麼也沒說。不過那陣暈眩感一波一波潮水般打上來。

好像過了許久，艾偉才紅著眼眶說：「和你說了後，感覺整個人舒服多了，沒那麼鬱悶。」他猛地回過神來，微微一笑，點了點頭，功德圓滿。不過整個人卻天旋地轉，幾乎站不起身。他要把自己好好的整頓起來。

艾偉問：「你還要喝一點什麼嗎？我去點。」他搖搖頭。喉嚨裡有一陣酸意。

艾偉拿起桌上的黑莓機，站了起來。乃德說：「我上一下洗手間。」身子一挺直就往洗手間箭一般的奔去。艾偉看了也嚇一跳：「原來他一直都忍著，為了聽我說話……」

一進入洗手間，他就往馬桶裡吐。

「知道他喜歡科幻武打片，逼自己陪他看，雖然很討厭那一大堆變型的機器人……」吐。

「他和女友下個月就要訂婚了，我還被要求當伴郎……」再吐。

「和你說了後，感覺整個人舒服多了，沒那麼鬱悶。」大吐，連淚水也跟著逼出來了。

他頭微痛，耳朵刺痛。心更是痛徹心扉，像讓一把尖錐插了。

「同．志．的．戀．情．大．概．都．沒．有．好．結．果。」他的艾偉，他的艾偉。

他現在需要一雙忠誠的耳朵。

陰天

最近總是陰陰濕濕，一大片灰撲撲的天空，像某些老派茶餐館不講衛生，用了又用的桌布，隨時可以擰出一灘水。棣狄討厭這樣沒有生機、缺少溫暖的天氣。不想上班，不想出門，只想賴在床上。

這時候最好就是和男人抱在一起取暖，做愛做的事，讓兩具發燙的身體靠攏在一塊兒，不知今夕是何年。每想到這點，棣狄就會莫名情欲高漲。冷滋滋的大陰天正是每名健康男生熱騰騰的大硬天。他這幾個星期幾乎就是挺著一支硬槍起床，快把大床都戳穿了。

上班的日子還容易應付，公司裡開不完的會議，回不完的電郵，令人討厭的同事，讓人噁心的客戶都會把心裡那些像淫想蕩的欲望一寸寸凌遲至死。回到家累翻了，只想蒙頭大睡，那個當兒會周公比哪個帥哥的約會都來得重要。完全沒有性致。

但周末時也是這樣陰濕濕的鬼天氣，棣狄就十分難熬。從早到晚春心蕩漾，雖不至於坐立不定，寢食難安，但那欲望總如影隨形，像額頭上突然冒出來的一大顆痘痘，看著礙眼，想著心煩。本來就不該在那裡，非得要把裡頭的汁液擠出來才甘心。

當然可以看看gay片，打打手槍，把那欲望按捺下去。但他知道此欲無計可消除，很快就才下眉頭，卻上龜頭。而且過往的經驗是：每回自行解放後，總有許多帥哥不知從哪裡冒出來邀約上床吹簫打炮。吃得飽了膩了，才有人端上一碗上湯魚翅，讓他很無趣。而且打槍雖可慰，打炮爽更多。想到那些可以一起撫、吻、舔、吹等的男孩，他更是興奮得不得了，劍拔弩張，隨時候命。

搬離家人，他自己一個人住已有一段時間。周末時分偶爾會回到家裡和爸媽以及唯一的弟弟吃頓便飯。他和弟弟相差足足十二年——他三十，他才十八。那大而深的鴻溝，完全跨不過去，所以平常日子都沒有兩句。

他只覺得弟弟和自己長得不像，比較矮小、多肉，遺傳自母親的那一邊。也因為一個人住的關係，他約炮很方便。

他「愛瘋」裡，全球基名推崇的的打炮軟件 Grindr 當然全天候開著。棣狄有回對朋友們說：「Grindr 是繼避孕套後對同志最大貢獻的發明。」他說這話時沒幾個人在聽，全桌人都在忙：Grindring 中。

這些日子以來，他的許多炮友都來自這個新興玩意。看了照片（包括臉部、身材和老二特寫），查明所在地，問清楚型號，就可以來個相見歡。乾淨利落，簡易方便。當然也遇過用假照片、貨不對版的渾球。

他讀過張愛玲，對她說的一句話印象很深：「最好照相拍得像自己，又比自己好看一點。」可惜 Grindr 上的人似乎本人要比照片還要差些，都怪現代太普及的修片軟件。

最記得的一次是，Grindr 上的照片是位肌膚黝黑、左手臂有刺青，胸肌腹肌都很壯的猛男。棣狄看了半信半疑，總感覺是假照片，本城如果有這麼一位天菜早就艷名遠播。同志國是以貌取人，以身材尺寸論英雄的最最膚淺國度，金城武一定會配高以翔，絕對不可能配上大炳。

棣狄知道自己也不是什麼天香國色，唯一的賣點就是高。這類上等貨通常輪不到他，但那天實在心癢癢，於是就說了聲「嗨」，料不到竟然有回音，於是開始聊起來。是他先切入正題：「你是什麼型號？」他有點驚訝但還是順著答下去，未及竟然就約炮了。他想不到會這麼順利，不知道是自己走了狗運還是他吃膩了山珍海味，現在想來一道清茶淡飯。不過為了安全起見，棣狄向他要多幾張生活照，是同一個人。而且長得實在好看。

於是就在臨近自己家的某咖啡館見面，因為那刺青男和家人同住，沒有地方打炮。剛開始還忐忑不安。

「會不會讓他當場拒絕？」

「或者他假裝趕時間要離開，這也是另一種變相的拒絕。」

一見到本尊，他就覺得自己太多心了。出現在面前的竟然是一名大叔。他和相中人唯一的共同點就是肌膚黝黑。一大桶冷水從棣狄頭上淋下來。他按捺住自己，婉轉的說：「你和照片差還蠻遠的。」大叔倒是坦蕩蕩：

「那不是我的照片。」上等魚翅變劣質粉絲，棣狄帶怒的問他：「你用別人的照片來騙人，有什麼意思？」然後轉身就走，留下那名錯愕的大叔。這類不愉快的經驗其實不多，所以他對用 Grindr 來釣魚還是有信心。

那顆春心是管不著了。棣狄開了 Grindr，那熟悉的橙黃色界面，那黑骷髏面具的標誌。他對這標誌印象深刻，因為曾經鬧過一個小笑話：

有回在準備 Grindr 的當兒，五歲的小外甥突然伸過頭來，他趕緊迴避，不過已經太遲。小外甥突然童言無忌的對他母親說：「媽媽，舅舅的電話裡有好玩的魔鬼殺人遊戲！」他當時不知道該哭還是該笑。幸好他母親忙著其他事，不加理會，於是他逃過一劫。要不姊姊問起，他真不知道該怎麼辦好。後來他對基友說起這樁烏龍事，大家都笑成一團。

看著 Grindr 上一張張臉孔、一副副身材，「又是他！」他心裡嘀咕著，大拇指不住往上推，「又是他！」「又是他！」同一批熟悉的臉孔，這當中有愛他但他不愛的；有他愛但不愛他的。在這個小城鎮裡，同志的比例實在少之又少。知道自己在 Grindr 裡待得太久，幾乎成為永久居民，該看見的都看見了，該認識的都認識了，該上床的也都上床了。棣狄膩極。

他「愛瘋」裡的 Grindr 其實下載了又刪掉，刪掉了又下載，好像鬧脾氣的女孩把男友的電話刪了，然後又捨不得的收進電話簿裡。棣狄自己也覺得無聊透頂。浪費時間、糟蹋生命、一寸光陰一寸金，寸金難買寸光陰……中學時各種勉勵少壯不要磋跎歲月的警世金言一一湧上他腦袋。棣狄知道天天望著 Grindr 裡的那批照片是一件對他生命沒有多大意義的事。

他不愛閱讀，對電視機上婆媽的戲劇和胡鬧的綜藝節目都沒有興趣。基友們看見那麼一個大陰天，想到下雨時街道上堵得可怕，都不太願意出門，在這悶得透進骨子裡的鬼日子裡實在沒什麼可以做。在 Grindr 裡找人聊天，打打炮，至少還可以過時間，慰寂寥。

曾經在澳洲留學的他英文水準很不錯，所以愛在 Grindr 裡找錯字。偶爾讀到某些人的檔案裡寫的盡是一些蹩腳英文時，會自娛自樂的哈哈大笑：「這是哪一國的文法？」嘻嘻哈哈間又謀殺了一兩個小時。他也喜歡在那裡和人調情：「我喜歡看你穿真空底褲的模樣……」「你裸著身下廚的樣子一定很性感。」都是別人的男友，只能過過口癮，不能親身實踐。

他Grindr戶口上載的是一張上空照，健身後在更衣室裡照的。因為燈光和角度的緣故，他身體線條特別明顯，棣狄很滿意。看著Grindr上那小小的方格，框住同志們無邊的欲望，他來回尋找獵物。感興趣的人，他才願意回傳臉照過去。他在本城的親戚朋友實在太多，不想惹無謂的麻煩，在普遍上被認為是找炮友的Grindr裡被逼出櫃不是一件很光榮的事。放風景、花花草草、玩具照的他沒興趣，別過；超過四十歲的他沒感覺，略過；嗑藥的那群他沒好氣，跳過。剩下的真沒有幾個好貨。

他在裡頭碰見過前同事、昔日同窗、好友的哥哥、朋友的老板等。Grindr真是無奇不有。

棣狄先和一名貌似混血兒的二十四歲小弟弟談起來，那腹肌線條分明，一塊一塊的，像他最愛吃的巧克力排，多想好好的舔一舔。不過談了幾句後，對方似乎意興闌珊，很快就下線了。帥哥沒有下文，棣狄嘆了一口氣，輕輕的哼了一句：「越美麗的東西我越不可碰！」

然後又傳了幾則短訊給幾個人，不過似乎都沒有什麼反應。「Today is not my day！」做了最壞的打算——自己來。

他對那 Grindr 做最後的巡禮，看著，看著，突然有一副身材吸引住他，不太瘦不過看起來豐潤可口。一個人真餓渴起來，會把自身的標準降低，從前看不上眼的野菜會突然變成美味的佳餚。

很多上過床的炮友，棣狄回想起來總覺得不堪：「夭壽！怎麼會上這樣的人呀？」正是「此炮可待成追憶，只怪當時太淫蕩」！所以有時他會先下手為強，把所有長相很抱歉但是怕自己春心蕩時會讓對方上的人通通 block 掉。

於是棣狄先打個招呼，另一邊很快有了回應。檔案上寫著二十二歲，真是青春無敵。

「你住在哪一帶？」

「東區。你呢？」

「白沙街。」

「一還是〇？」現在的年輕人還真大膽，永遠單刀直入。

「一。」

「那好。我是〇號。」BINGO！對號就是成功的一半。

「可以看看你的臉照嗎？」

「交換行嗎？」

「當然，先看你的。」

於是照片來了。看了後，棣狄決定要刪掉Grindr。

那是他的親弟弟。

馬桶

保羅又躲進廁所裡。這是他從小就有的習慣，每當大小事情有逆拂，感覺受到委屈、傷害、遺棄；精神不穩、心情不好時，他就會躲到廁所的小隔間裡，把馬桶蓋合上，坐在上頭，托腮沉思或默默掉淚。出來之前，沖一沖水，象徵負面情緒被沖走了，出了這扇門後，又是一個新的開始。

求學時期，每逢被老師罵、同學欺辱、考試成績不理想時，他都會躲進廁所裡讓心沉澱下來。永遠忘不了中學時期那臭氣薰天的男廁所，他被逼用手帕把嘴巴鼻子通通蒙起來，那不聽使喚的眼淚慢慢流下來，浸濕了那灰藍相間的手帕。哭過一場後往鏡子裡照，感覺怪怪，好像電影裡頭為了病重的親人鋌而走險幹壞事的好人，受不住良心的煎熬，終於流下良知之淚。

踏入社會大學，開始上班後，這習慣還是維持下去。每當企劃進展得不順利、被上司謾罵、同事背後說是非等，他都躲進廁所裡。灰黑色磚塊的三面牆，白色的馬桶，冰冷無情的色調，正好可以讓自己冷靜下來，讓思維更清晰，想想下一步棋該怎麼走，該反擊還是沉默。

從前手機不盛行的日子，除了水流聲和一兩聲讓人發噱的響屁聲，廁所總一片沉默，肅穆莊嚴一如墳場。都在辦著人生大事，總該無聲勝有聲。現在不同了，短訊聲、電話鈴聲，更可怕的當然是那些邊方便邊談電話的大忙人，保羅最歧視這類人——怎麼連自己唯一能夠放鬆下來的時光也讓別人給凌遲？真是可悲又可恨。

他把廁所當成心靈的避風港這件事，從中學時就認識他的同班同學、死黨、好姊妹、親兄弟阿尊最懂。阿尊有一回在讀書館裡的美術叢書裡發現羅丹的雕像《沉思者》，立刻雙眼發光，趕快把它影印下來，送給保羅，說他是馬桶上的《沉思者》。保羅看了也不禁失笑。

他們倆相識少說也有十二年，從中學男校到美術專科到工作後，還是保持聯絡。中學時幾乎是連體嬰。見到保羅阿尊必隨後，不知道誰是誰的影子。

他們倆如何相識，保羅記得不是很清楚，不過是阿尊先打招呼，保羅當時也眼前一亮，「這男的長得真好看！」不過阿尊不是他的類型，他喜歡粗獷的小熊。

保羅長得不高，有點多肉，五官只能說是端正，談不上是帥哥。唯一能讓他自豪的是肌膚狀況很好，所謂的「白裡透紅」。阿尊的臉上偶爾還會長點叛逆的小痘。「那表示我還有青春。」他總是這樣說。

有朋友說他像高一點的董志成，阿尊竟然點頭贊成。見他在螢光幕出現，總開玩笑的說：「你們真有點像，你要不要去參加什麼明星臉？」他視為莫大的侮辱，從此不再看他的節目。

阿尊的長相卻是天秤的另一端。五官剔透，高大帥氣，沒有運動習慣但身材卻得天獨厚的好，在中學時是許多學長學弟暗戀的對象，是所謂的「校草」。保羅常常被逼充當信差，把學弟甲送上的小點心或學長乙寫的情信轉遞給他。阿尊最享受這種眾星拱月的待遇。

很多人奇怪他們為什麼會這麼好。他知道學校裡很多人對他態度親密是因為想接觸阿尊，但他更願意相信大約是彼此性格相合，他剛好補上他的不足還是他們倆互相學習什麼的。

七〇年代的愛情電影裡，尊貴的千金小姐身邊總有一名長相不好的手帕交，永遠都是沈殿霞這類的諧星來扮演。她長得越不濟，越能顯現小姐的美麗動人。她們是小姐們和白馬王子穿針引線的紅娘，必要時打諢插科，緩和場面。男女主角情海翻波時，她是有起死回生能力的關鍵人物。最老土的橋段就是：小姐不告而別遠走高飛，男主角必要找手帕交追問，然後自然是大團圓結局。

是自己沒有殺傷力，很有利用價值，所以才能和他當個掏心掏肺的姊妹？好像環球小姐裡，奪得友誼小姐的那位一定是最不出色的。保羅極不願意把自己和阿尊的關係像這樣對號入座。

當阿尊的好友其實沒有多大壞處，那些愛慕者偶爾會愛屋及烏，讓他嚐到一點甜頭。

比如很多帥帥，絕對高攀不上的學長會突然走來和他說話：「你是保羅吧？」讓他受寵若驚，當然都是要套阿尊的消息：「他真的是單身嗎？」「喜歡吃什麼？看什麼類型的電影？」保羅是他的最佳發言人。

比如約阿尊看電影時會被逼多買一張票，因為保羅不出現，阿尊也不會現身。「明天七點半中島戲院。」阿尊總是毫無預警的在電話裡說，他也總是若無其事的答應。在電影院裡，他永遠識相的坐在角落，讓一對璧人可以卿卿我我為所欲為。

有回全院滿座，他被逼坐在阿尊的身旁。那是一部悶死人不償命的愛情小品，保羅打了幾個哈欠，不小心瞄到阿尊褲襠上有雙手在游動。他當場目瞪口呆，阿尊當然知道他看見了。他覺得那是一種變相的炫耀。所以散場後他什麼也沒說，也不想問。

中學時有位名叫詰恪的同學，是一只胖胖黑黑的小熊。他們同年但不同班，他是校裡拔河隊的隊長，保羅常幻想和他來一場愛的拔河。見到他在校園裡走過，那顆心總不住的跳。詰恪是第一個讓他心動的男人。

他把這祕密和阿尊說了，他摸摸頭：「哪位詰恪呀？」

保羅含羞答答的答：「乙班的那位，拔河隊的隊長啊！」

阿尊聽了「噢」一聲，然後吃吃的笑：「你怎麼會愛上那只小河馬呀？」

「什麼小河馬，MAN得不得了啊！」阿尊這吃吃的笑聲是他殺手鐧之一，電死不少學長學弟，不過這個當兒，他卻覺得膩煩不已。

「你乖乖看好你的小河馬，我不會和你爭的！」還是在吃吃的笑。

結果過不久就有人看見阿尊和詰恪在某間快餐店裡一起吃冰淇淋。保羅又怒又氣，悲憤莫名。心愛的人讓好友給搶走了，像電影一樣。

在一次午餐時間，他問了阿尊。在吃著牛肉麵的阿尊輕描淡寫的說：「就只是朋友普通的吃一餐飯，你別想那麼多。」

「就這麼多？」保羅不相信。那雙在褲襠上的手游上他的心頭，把他搔得很難受。

「拜托，他根本就不是我的菜。我還說了不少你的好話呢。」說完繼續吃他的牛肉麵。

不知真假，這件事就這樣不了了之。

「那只是午餐而已，還是還有更多，只有他們這對奸夫淫婦知道。」保羅氣憤的想。他們冷戰了將近一個月，後來還是和好如初。兩人都覺得不該為了一只小熊或小河馬破壞彼此建立了這麼久的情誼。

不過經過這事後，見到詰恪，保羅心頭總有異樣，覺得他在躲著他。很多年後臉書上重遇，聊了起來，整件事才真相大白：他們除了一起吃冰淇淋，還吃了其他更多東西。阿尊的確有對詰恪說自己其實暗戀著他，所以後來詰恪總有意的躲他。明明知道保羅對自己有意思，卻偏偏和他最好的朋友幹了些壞事，他是有點過意不去。

他沒有為了這件事和阿尊對質，過了這麼久，再翻陳年舊事來吵實在很無聊。他覺得彼此的友情有些東西開始崩裂，不過還是保持聯絡。

詰恪過後，保羅似乎就沒什麼動情，美術學院時那幾位都不算是真正的男友，直到盧倪的出現。他是一頭身高六尺三的壯熊。

保羅和盧倪走了大概半年左右，感覺良好。在他身旁，保羅永遠小鳥依人一樣的溫順。他喜歡盧倪毛烘烘的胸膛，常在溫存後，用手指細細把玩那卷卷的毛。

「真想這樣躺在你的胸膛直到老。」保羅經常這樣說。盧倪都不答腔，他只是微微的笑。

「這可比阿尊的笑容銷魂多了。」他滿意的想。

他對這段戀情很感恩。每晚都帶著微笑入睡。

上兩個月他帶盧倪和阿尊共進晚餐。現在任職保險公司的阿尊剛剛和男友分手了。

有一段日子沒見面了，大家都談得很開心。阿尊還是吃吃的笑，他臉上添了不少風霜，不過還是一樣好看。盧倪如常的不太說話，他在一旁靜靜聆聽，似乎也很享受那種酒逢知己千杯少的樂趣。

回家後，他收到阿尊的一則短訊：「又讓你找到另一頭河馬了，這河馬更大更壯呢。」他心裡頭有一種不祥的預感。

幾個星期後，他的惡夢果然成真。趁盧倪洗澡的時候，他偷偷查看他的短訊，果然藏有幾則有阿尊的曖昧短訊，都是一些不成文的對話，當中有許多被刪掉了。是在約炮吧。他氣極了，他沒罵盧倪，保羅知道是阿尊先撩過來的。

當他上門興師問罪時，阿尊開始是全面否認，後來被他逼問得受不了，終於拋下一句：「就玩玩而已嘛，不要那麼認真。」然後吃吃的笑：「我還說了不少你的好話呢。」

保羅想起那雙在褲襠上的手，想起詰恪。這所謂的好兄弟。最好的朋友就是最大的敵人，是這樣嗎？

所以現在他坐在馬桶上哭得雙眼紅腫，一個堂堂大男人哭成這樣，連他自己也覺得難為情。不過他知道哭過後，沖一沖水，出了這扇門又是一個新的開始——要開始思考該如何處置阿尊的屍體了。

父親

尼可對自己的長相還算滿意，不算很帥但也不算醜。他有媽媽的眼睛，狹長的單眼皮是兩道蘊藏情感的海峽，那薄薄的嘴唇誰都不像。不過母親每每在電視機上看見吳彥祖時總愛說：「你嘴唇多像他。」那是一種帶惋惜的語氣。他知道為什麼，因為相學上來說，薄唇就是薄情。他不吃這一套。他和男友赫力已經一起走了五個年頭，而且一次也沒出軌過。唯一讓他有話說的是那管鼻子，那高鼻樑尖鼻頭，完全脫自父親。

他恨父親入骨。

「一粒臭屎壞了一鍋好粥。」他這樣評價自己的五官。

父親從前是黑幫裡的一個小混混，糾黨打鬥、幫派群毆是家常便飯。他有暴力傾向，喝醉酒後就開始丟東西、打人、咒罵，像電影裡那些壞爸爸們，所有無賴的行徑他都有。可憐的母親哪裡擋得住，常被他打得臉紅一塊青一塊。他們兩姊弟也受過無故毒打，他倆被打，母親就只是在一旁涕泣，這讓父親更惱怒，於是發狂似的丟東西、翻桌子，然後風一樣的奪門而出。他受不了母親哭喪似的痛哭哀嚎，受不了每天都像有白事發生的家。姊姊也因為承受不住而早早嫁掉。他們很不幸——家從來就不是他們的避風港。

因為父親沒有固定工作，所以家裡的伙食也是一天有一天沒。見到捱餓的兩姊弟會懶懶的說：「吞多兩杯水就會飽肚了。」然後繼續抽菸看報紙。幸好媽媽還有在外打工，這個家才捱得下去，兩姊弟才有機會上學。她在本地駐住的洋人家裡當鐘點女傭，一天要舟車勞頓三四趟才能抵達雇主的家，清潔、煮飯、洗衣，瑣瑣碎碎的家事，偶爾還要受點氣。所以他們兩姊弟放學回家總自動自發的分擔家務，為母親分一點勞，而父親總不知所蹤。該出現的場合總不見他出現。他們早已習慣了各項運動會、畢業典禮等沒有雙親的影子。母親得工作，父親則——不提也罷。

不是每個男人都是稱職的父親，不是每個女人都是合格的母親。他很早就接受這個事實。

姊弟倆都不叫他爸爸，而改用那個人來代替。完全不想和他牽上任何關係。

求學時期，老師要求寫文章歌頌父親的偉大時，他總是左右為難。該如何描繪一名對他而言只是另一名陌生人的人，而且父愛根本就是一種笑話。除了貢獻那一點精子外，尼可從不覺得他有盡過什麼父親的責任。

他有一回直接了當的寫上四個字：父親死了。後來讓父親知道了，被毒打一頓，還被關在大大的黑黑的衣櫥裡一個晚上。那樟腦丸混合著衣物，加上廉價香水和陳年朽木的味道充塞他的鼻子，銷蝕他的神經，是他永遠擺脫不了的噩夢。所以他家裡從來不擺衣櫥，衣服很有條理的擺在一個大大的透明塑膠箱子裡。剛和赫力同居時，兩人為了衣服放不放在衣櫥裡這件事吵了無數次，尼可當然沒向他細說這童年夢魘。

他覺得自己的前半生都讓他毀了。他是一個深不見底的黑洞，把所有的幸福光輝都吞噬掉，留給他的只是無止盡的、無情的漫漫黑夜。

可是他流著他的血，他的皮肉髮膚都是他的，他不喜歡。所以他上半身滿滿的刺青，左手臂纏繞著一條張牙舞爪的青龍，后背盤旋著一頭整翅的大鷹。他要自己體無完膚。打了乳環、臍環，試圖把父親給他的一切破壞殆盡。刺青讓他痛並快樂著。

男友赫力就是因為他那身刺青而對他一見鍾情，大概就是男人不壞，男人不愛那調調。他左腿踝有一些原住民的圖騰，枝枝蔓蔓，不安分的往上蔓延，覆蓋了大半個臀部。赫力最愛這個紋身，經常沿著那彎曲的線條，輕輕的吻，溫柔的舔。

有一回尼可對赫力說起他的整型計劃，他有點訝異：「你鼻子有什麼問題啊？」

他摸摸那管鼻子：「沒什麼，就不喜歡，看著不順眼！」知道尼可的牛脾氣，於是他就沒說什麼了。

母親知道他是同志後，曾經咕噥了一陣：「你那麼討厭你父親，還以為你會恨天下男人呢，哪知道你最愛的還是男人！」他又好氣又好笑，不過也不想對她解釋。反正生為同志是改變不了的事實。

自從開始工作之後就搬出來住，尼可偶爾會趁父親不在時回老家探望母親。閒話家常間，他母親總說：「看看他吧，他始終是你的爸爸啊！」他張大眼睛，好像在聽著天方夜譚。「他從前怎麼樣對你，你難道都忘記了？」母親靜了下來。

他心中暗罵：「女人就是這點賤！」所以武俠小說裡長大後要報仇雪恨的永遠是男士，不是女人。軟心腸很壞事。

後來父親離家出走，許多年都沒有他的消息。尼可無所謂，反正他的世界裡一向沒有這個人，反而母親憂心如焚。

他在電話裡頭幾乎要嚷喊：「你管他去了那裡，就當他死了吧！」還是那句話：「他始終是你的爸爸啊！」他受不了這調調。姊姊竟然也問：「要不要去找找他？」他最看不起女人的軟弱。

後來父親有消息了，不過早已病入膏肓，好像是末期癌症這類的。尼可沒多加細問，反正就是要死了。

母親多次叮嚀他去看看父親。他很訝異年輕時對父親恨之入骨的母親，年老時竟願意擔起照顧他的重擔。

他想他會去的，不過在這之前得做一點東西——修鼻子。把鼻子整掉，那個人死掉，他就遠離一切屬於他的夢魘。他自由了。

三個星期後，他帶著煥然一新的鼻子到醫院去。

母親早已在房間裡頭，見他來了，臉上一陣喜悅。想起那句「他始終是你的爸爸啊！」他一陣噁心。她倒沒有留意到他的新鼻子。

他看著這名鼻孔裡插着胃管，手上打着點滴，坐在床上，安安靜靜，苟延殘喘的老人。曾經心目中無堅不摧，望之生畏的巨人，讓歲月的巨輪無情的碾軋後，現在只是名弱不勝衣的老人，他心裡不禁起了憐憫心。

「他給了我生命，我為什麼要這樣恨他？」心中的正義天使說話了，他不中意聽。硬生生的把這些想法按下去，殺死那正義天使。

「我出去買點東西，你們兩父子好好聊聊。」父子？聽了就刺耳。

剩下他們倆。他怔怔的無聲的看著那個人。周遭只有「嘟、嘟、嘟」，各種醫療器材發出的聲響，是在倒數每個人生命的輓歌。

還是父親先開口，緩緩的說：「好久不見，你……你還好嗎？」

他冷冷的答：「還不錯，剛動了小手術。」

「什麼手術……那……我們父子都是病人了。」

父子？你也配。

「就整了鼻子，現在完全不像你了。」他帶點挑釁的答。

「不像……我？像……像我不好嗎？」

「不好！」他暴躁的答。

父親靜了下來。尼可在想著從前的事，那些打罵，那些碗碟摔碎、女人哭聲交織成的痛心畫面。眼眶開始紅了起來。

「是嗎？你過來……來讓我看看。」父親突然大聲了起來。

他心頭突然震了一下。從前只要父親提高聲調，他就會渾身發抖，這麼多年了，竟然餘威還在。他站了起來，走向父親那裡。

父親勉強的睜大眼睛看了一下，乾笑了幾聲。

「我曾經在一回黑幫尋仇中被……被打斷鼻樑……修整後……就是現在有點……歪歪的模樣。」他有氣無力的說。

尼可聽了一頭霧水。是說鼻子從前不是長這個樣？

「你打開我……我的錢包……看看。」

他拿起那表皮早已斑駁脫落的褐色錢包，印象中父親一直都用著這錢包。他對身邊的任何事物都比對家人長情。

打開來看，裡頭左右兩面透明格，各放有一張照片：一張是父親抱著他的近照，那時的他應該三歲吧，穿著一條水藍色小背心，上面繪有米老鼠，兩父子一樣的喜上眉梢，對著鏡頭展現如出一轍的笑容——太像了。

原來他們也曾經快樂過。他不喜歡這種感覺。

另外一張應該是父親二十三、二十四歲時照下的，他仔細看著那張泛黃的照片，那管挺直傲氣的鼻子竟然和自己現在的鼻子長得一模一樣，他和父親簡直就是雙生兒。

這就是所謂的父子臉？尼可捂住自己的鼻子，望著隱隱在笑的父親，不住的顫抖。

出櫃

小旬最近一直都睡得不好。

十點左右就身心疲累的爬上那偌大雙人床，輾轉反側，頻換睡姿，迷迷糊糊間彷彿睡著了，不過那腦袋一直靜不下來，一個接一個的夢。離奇古怪、耐人尋味的夢，比達利那超現實的世界還要虛幻一點。

夢見和小學時暗戀的學長爬著一棵長有許多人手、樣子很詭異的樹，像童話《傑克與豌豆》裡的那顆樹一樣，長得很高很高，樹身長出一雙雙的怪手，幾乎就要碰到雲端。學長一臉笑容的說：「別怕，慢慢爬。」他從來就忘不了那帶點靦腆的笑容。

他小心翼翼的握住那些怪異的手，在後頭跟著。突然有雙手大力的推了他一下，他喊叫了一聲，從高高的樹跌了下來。學長在樹上遠遠的看著，他隱隱約約的看見他臉上的笑容。幸好只是摔破了膝蓋，但那傷口卻不斷流血，止不住的血很快的流成一灘湖，很快的把一切都淹沒了。學長在樹上驚恐的叫喊：「救命啊！救命啊！」小旬知道學長最怕的就是血。他驚醒前記得的最後一個畫面，是媽媽和爸爸一臉痛苦，在那血湖裡浮浮沉沉，不斷掙扎著。

夢見和一班朋友在很多動物和人的購物商場裡逛。走著走著，會有一頭凶悍的獵豹追趕著敏捷的羚羊，在自己面前呼嘯而過；看著看著，一只頑皮的猴子無預警的跳出來，把朋友的包包給搶走。逛著逛著，突然發生了地震，整座大樓凶猛搖晃，天花板開始坍塌，地板開始迸裂，人群和動物們一個接一個的跌入萬丈深淵，熊、猴、狼、豹等逃不了躲不過，他也不能倖免，身不由己的往下墜往下墜。他無助的高喊：「救命啊！救命啊！」在驚醒後突然發覺自己腳上原來套著一雙高跟鞋。

大多數的夢都和災難扯上關係，讀過佛洛伊德的大概會解說也許最近他的性生活很糟糕，簡直一塌糊塗，慘不忍睹。不過小旬知道是別的緣故：他在為對父母出櫃的事忐忑不安。夢裡的情景就是他最懼怕的——出櫃後他的美麗世界就會敗壞瓦解。

他對躺在身邊的男友嗶嗶訴說夢裡的情景。他聽後說：「好像意味著你人生將會有一場大劫難。」

小甸假裝若有所思：「也許我們的愛情會有大劫難，你要另尋新歡了。」

嗶嗶拍了拍他那越來越漲的小肚：「如果你再胖下去，這劫難很快就會發生。」

小甸聽了，立刻拿起身邊的枕頭往他打去，「你幹嘛打我，你這……」兩人很快的扭打在一塊。

嗶嗶長得高瘦，而且是那種狂吃狂喝也不會發胖的體質。小甸則是那類呼吸也會長肉的人，盡管很努力健身，但還是不住的發胖。嗶嗶經常說：「我們這對瘦虎肥龍……」小甸聽了就要笑。

他出櫃最大的原因就是為了這位相愛七年的另一半，想兩個人可以名正言順的在一起，光明正大的接受他們的祝福。不想再偷偷摸摸的向爸媽們介紹說是同事來訪，兩人男男授受不親，循規蹈矩，完全沒有意思。

在房裡親熱時也戰戰兢兢，生怕母親大人突然上來敲門：「小甸，快下來喝媽媽剛煮好的紅豆湯！」兩人頓時性致全失，一身赤裸，一臉錯愕的互望。偏偏母親大人十分好客，每次有客人來，總要張羅一些吃的喝的，所以這類大煞風景的事經常發生。

嘩嘩早已對家人出櫃，他父母把小甸當成親生兒子一樣對待，噓寒問暖、疼惜有加。不過他和弟弟同房，所以兩人也很難單獨相處。

他偶爾會對小甸說：「如果你父母也像我父母愛你一樣的愛我，那該多好！」他知道嘩嘩在暗示，要他早日向父母坦白。

都說三十歲是每個男孩變成男人的分水嶺，大家都迫不及待的要做一些東西銘誌三十歲，要為過去三十年做一個總結。有些人到了三十歲要成家立業，有些會轉換工作跑道，小甸則選擇要出櫃。三十歲過後他要忠於自己的活下去。

他聽過許多朋友出櫃後的慘淡下場：有些被父母趕出家門，淪落街頭，四處流浪，靠朋友們的接濟才勉強捱了過去；有些被父母一把鼻涕一把眼淚的送到心理醫生處治療，正常的大人被當成精神病一樣的治療；有些被送到教堂或神廟裡驅魔，天天被逼喝下一杯又一杯的符水，身心俱傷。嘩嘩的出櫃路也不順坦，父親和他冷戰接近一個月，母親天天以淚洗面，弟弟說他傷了父母的心，不想看見他，搬出去和朋友住。

「感覺自己是一個沒有人了解的孤島，幾乎活不下去！」嘩嘩心有餘悸的說。後來自然雨過天晴，苦盡甘來。不過小甸也有點懷疑自己能不能承受得那開頭的苦。最壞的打算就是：父母不要他，他可以暫時搬去和嘩嘩同住。

他想了一百個可能發生的結局，悲慘居多。他比較擔憂的是心臟不好的爸爸。

他是獨子，身上背負著莫大的責任，要傳宗接代，要把香火延續——

不孝有三，無後為大。

他看過《孽子》這套連續劇，只要看見那落寞無助的父親就哭得稀哩嘩啦。他很愛父母，父母也很愛他，他不想任何人受傷。

不想死得不明不白，所以出櫃前和嘩嘩一起想點子，要周詳考慮，精密部署，務求一出必得，皆大歡喜收場。在跳入冰湖之前，當然得試試那湖水到底有多冷，事前的試探功夫免不了。

他和嘩嘩特意到商場買了《春光乍洩》、《藍宇》、《盛夏光年》等同性戀劇情的DVD，有幾個星期他周末的節目就是窩在家陪父母一起看DVD。心裡希望他們看了後就會對同性戀帶點寬容。

《春光乍洩》

母親看後頻搖頭說「看不懂」。曾經學過多年國標舞的父親則邊看著張國榮和梁朝偉對跳探戈，邊點評說：「這手勢不對，那腿部動作也很有問題。」一開頭的幾分鐘，母親突然問起小甸工作的事，他知道她不想看見張國榮和梁朝偉親熱的場面。

《盛夏光年》

父母的反應比較熱絡一點。母親說：「張孝全很像我小學時的一個同學，好像也姓張。」到了後尾兩個男主角赤裸肉搏的那場戲，大家突然靜了下來。感覺好像過了一世紀這麼久，直到父親的手機響起，這難堪的沉默場面才被打破。他多怕父母親會說出：「兩個男人在床上多難看！」這樣刺耳的話。他看見張孝全的身體，整個身子開始發燙，想念和嘩嘩在床上的歡樂時光，不過在父母面前想起這樣的事，真是罪過。

《藍宇》

進度緩慢的劇情讓母親看到一半睡著了，父親邊看邊埋頭讀報紙，一心二用。不過第二天聽見父親在洗澡時唱著「最愛你的人是我，你怎麼捨得我難過」。他看了電影後，心裡戚戚然，回到房裡默默流淚。「如果他們真愛我，怎麼會捨得我難過？」小旬心裡想著。

DVD父母都看了。他們評劇情、評演員、評場景服裝髮型化妝，但都略過不談同性戀這回事。小旬心照不宣——他們不願正視事實。心頓時冷了起來，不過潛意識裡他總覺得父母親不排斥同性戀。

想了好久，他終於選擇在某個周日午餐時間出櫃。他知道父親剛打完高爾夫球，總愛在吃飯時喋喋不休的說著自己剛才在球場上的威水（粵語：威風）史。一家人說說笑笑，吃著媽媽烹煮的美味午飯，其樂融融，爸媽那時候心情最好，幾乎是有求必應。

今天座上有母親最拿手的糖醋燒魚、一碟清炒芥蘭及一碗父親最愛的滷肉。小甸的心撲通撲通的亂跳，吃入口裡的菜通通變味。

父親剛說完今天球場上的趣事，現在輪到母親報告表舅結婚籌備工作的進度，聽見結婚這兩個字，小甸額頭開始冒汗，她怕母親又把結婚這問題丟向他。

「小甸，所以這個七月一日，把所有約會通通推掉，我們要出席表舅的婚宴。」

「嗯。」那聲音很不自然，有驚懼成分。

「小甸，你什麼事啊，這麼一個大冷天還會冒汗？」憂兒九九的母親永遠觀察入微。

「沒……沒什麼，在想著一些事情。」

「說話為什麼吞吞吐吐，有什麼問題儘管說出來，爸爸媽媽幫得上的一定幫。」父親也覺得兒子有點怪怪。

「我……我的確有些事情想告訴你們。」覺得自己快窒息死了。

「說啊，都是一家人，什麼事情都可以商量。」母親一臉擔憂的神色。

「無論我接下來說些什麼話，你們可以打我罵我，但……但千萬不要放棄我！」他用盡全身力氣說出這句話。

「說啊，爸媽當然愛你，你是我們的兒子啊。」母親開始焦慮了。

時間在這裡凝住了。良久良久，他才吐出那幾個字。

「爸、媽，其實我是同性戀……」那淚水不自主的奪眶而出。

我．是．同．性．戀——每個字都千斤重，不是每個人都說得出來，但說出來後卻得以解放自己，宣告自主！

「噢……」母親嘴巴稍稍張大了一點，不過看不出有很驚訝的神情。

「我們早就知道了。」在一旁的父親緩緩的說。

小甸整個愣住了。「他們早就知道了？」父親暴跳如雷，母親痛心疾首，兩人老淚縱橫的戲劇性場面，竟然都沒有發生。那駭人的大地震，可怕的深血湖都只是個夢？

「當你帶嗶嗶回來的那一天，我們就知道了。」

「他們都知道？我們那天在房裡的荒唐事讓他們聽見了？」小甸心裡想著。

「感謝你對我們坦白，我想我們也應該對你坦白。」母親眼睛開始泛紅。

「要對他說了嗎？」父親和母親面面相覷，母親點了一下頭。

小甸開始有點迷惑。

「父母親有些事情瞞著我？」心裡頭一萬個問號。

「無論我們接下來說些什麼話，你……你也千萬不要放棄我們！」那聲音在顫抖。

堅毅的父親竟然流下淚來。小甸倒抽一口氣。

「你……你其實不是我們親生的……」

頭顱裡感覺到一陣強烈的晃動，眼裡盡是一大片的血湖——當下他的淚水就停了。

青春

埠郎每天早上起床的第一件事就是走進浴室裡照鏡子，這是他過去十幾年來養成的習慣。

水藍色的牆上掛有一面銀框長方鏡，只穿著一條四角褲的埠郎雕像一樣的站在那裡，開始一天裡最重要的五官檢閱儀式。

先用髮箍把頭髮箍好，然後從額頭開始，每分每寸細細觀察。額頭有沒有生斑點、起皺紋？沒有。鬆一口氣，險險過關。接下來看眼睛，眼睛是靈魂之窗，無比重要，眼睛老了，靈魂跟著老，肉體自然也不能倖免。眼角開始長一些細紋。驚。「昨天沒看見，今天就出來了。唉，真是老了。不行，今晚要做眼部護理。」前幾個月買下的一支法國進口電波眼角棒終於派上用場。據說不少好萊塢巨星都使用這玩意，一點也不便宜。

眼睛開始失守，埠郎有點急躁。可是這瑣碎但重要的工作還未完畢，要繼續看看鼻子，鼻頭有沒有積累一些黑頭？幸好沒有。鼻翼兩側的皮膚也很重要，留意一下那裡的毛孔是否增大。再往左、往右、往下，用最嚴苛的審查制度來評點自己的臉蛋。身為城中著名的美容大師，他有一個重要的使命——不許老之將至。

凡人和歲月大神的戰爭，輸多贏少。但剛度過四十八歲生日的埠郎是名屢敗屢戰的奮勇戰士。朋友都說他看起來像剛邁入三十歲。不過埠郎一點也不滿足，他的終極願望是可以回春二十年，橡皮擦一樣把七萬多個日子都擦得乾乾淨淨，不留一些痕跡。歲月不饒人，不過希望它會對自己特別開恩——手下留情啊。用僅剩下的青春餘額來翻本。

他讀過某位美人影后的訪談，她說：「美麗是一種負擔。」其實無時無刻想保持年輕，留住青春也是一種負擔。

「放鬆一下好不好？你看起來已經夠年輕了，人家都以為你是我弟弟呢。」二十五歲的男友小弈偶爾會撒嬌的說。埠郎這時會捏一捏他的鼻頭：「少來。我不好好保養的話，人家見了會以為我是拐帶少年的怪叔叔。」

他每次看見小弈的裸體，總別是一番滋味。那年輕的有彈性的，充滿光澤的肌肉，那肆無忌憚，含在嘴裡會發光的青春，叫人想狠狠的捏上一把。小弈像剛捕上網的鮮活魚兒，不住的蹦跳，蓬發出活潑的生機。他自己則是在賣魚攤上那堆起來的魚兒，呆瀉死氣，黯淡無光，還發出一股讓人聞之欲嘔的腥氣。

年輕真好。青春萬歲。

為了抗老，他一直都是茹素動物。早上起床一杯各種蔬果打成的精力湯，骨碌骨碌一乾二淨。

小弈看見那杯綠色的液體總要吐吐舌頭：「好可怕。感覺像那些外星怪物的唾液還是什麼的。」埠郎曾經半利誘半威逼的要他吞下那玩意兒，小弈死也不肯就範。

他勤練瑜伽，每日狂吞那貴得過分的膠原蛋白丸，每個月定時灌腸，為了這副軀殼能夠繼續保住賞味期限，幾乎無所不為。

他不相信手術刀，儘管身邊許多權威的整容醫生都對他寫保單：「沒問題，就一個小手術而已……」「絕對安全……」，不過埠郎見了太多失敗的例子，想要抗老，這裡補一針，那裡拉一塊，結果整個人變成塑膠娃娃一樣，那是沒有人相的怪物，望之生畏。

埠郎不知在那裡聽說過，不要常和年長的人混在一塊，要不然會沾上他們的老氣，人會越來越老。從前的他嗤之以鼻，認為這是婆婆媽媽姑姑之間的無稽之談。現在他開始相信了，他身邊那些四十歲末的男子都早已高舉白旗——挺著個大肚子，塵滿面，鬢如霜，看了真搖頭歎息。他不能和這些歲月的敗兵在一起。圍繞他身邊的都是一群青春小帥，和他們在一起，像網住一大片飽滿的青春，他喜歡那種充滿活力的感覺。

最近冒出越來越多、越來越年輕帥氣的美容大師也讓埠郎很頭痛。他們經常打扮得花枝招展在各大電視臺出現，為各師奶姐妹們解決各種皮膚上的奇難雜症。埠郎聽見他們在螢光幕前為女人們解析，那些所謂的專業知識，經常錯誤百出，看得他一肚子火，都是空底子，他們只是賣弄青春。當中的皎皎是美容界新力軍，他身材高大，白白嫩嫩，一副韓國偶像的模樣，一顰一笑都把那些女人電得團團轉。

皎皎身邊的擁護者越來越多，女人們都盲目崇拜，把他當成神一樣，埠郎知道不少自己的支持者現在變成他的粉絲了，追隨他的活動，用他推薦的產品。

在一個活動中，皎皎被記者問對於埠郎的感想，他答說：「感覺埠郎老師整個人很尊貴很細致，像櫻花一樣美！」他看了後，氣得不得了。櫻花的花期只有七天。

他知道皎皎的厲害，曾經中了他一道。

埠郎有自己的品牌，沾了他的光，在市場上一直賣得不錯。

他一向以來只專攻女人市場，後來發現雄性動物其實也很愛美，一整個商機無限的男性美容大市場等待開發。經過兩年的研發和試驗後，他終於要推出全新系列的男性抗老精華素。

埠郎一直是個很龜毛的人，十分注重細節，近乎吹毛求疵。單單是產品的罐子設計，他也和設計師及廠商磨了好久，後來終於有了個三方面都滿意的定案。

剛拿到最後設計樣本的那天，他助理突然來了一個電話。

「埠郎，有大問題！」聲音有點急促。

「什麼事啊？廠家做不出我要的樣本？」

「不是，是皎皎那裡！」

「皎皎？他什麼事啊？」

「他剛發了新聞稿，他也推出全新的男性抗老系列，而且記者會就在下個星期！」

「什麼？」

埠郎反應不過來，整個怔住了。像被希臘神話裡的女妖梅杜莎石化了的人，那表情永遠瞠目結舌，因為一切都發生得太快。

「快點召集整個團隊，我們需要想一個緊急對策。」

一個星期後，皎皎的男性抗老系列產品轟轟烈烈的推出市場，他找了一名正當紅的偶像來擔任代言人，成功在市場裡掀起一陣熱潮。

埠郎的產品延後一年才推出，埠郎除了抗老系列外，還努力的加入潤膚、潤髮、BB霜等涵蓋全面的產品。儘管如此，還是有媒體說他跟風，見皎皎做得有聲有色，才來分一杯羹。

皎皎的產品早已占了一定的市場比率，埠郎難以後來居上。他有苦自知，雖然知道無商不奸，無奸不商，不過讓人這樣狠狠的爬頭，還是讓他很受傷。他低估這位對手，這是一個無可原諒的挑釁。

「要不要我爆料給周刊？讓他們看清楚這小賤貨的真面目。」他的助理倒是憤憤不平。

「算了，經一事長一智。」埠郎心中有數。如果有機會，一定要以牙還牙。

埠郎把這件事告訴小弈，他聽了後第一個反應是：「你公司裡有內鬼。」

埠郎想過這個問題，他把公司員工的名單一個個看，找來找去，還是沒有一個結果。古龍的經典名句：「最好的朋友就是最大的敵人。」他對身邊幾個要員的信任開始動搖。

消息還是走漏了，網路上還有人公開討論，後來有記者問起這件事，都讓埠郎耍太極的帶過了。不過圈子裡開始盛傳他們兩個臉和心不和。

有時他看見皎皎被粉絲千擁萬護的報導後，會在床上憤憤的對小弈說：「女人都不是忠誠的動物，還不如一條狗！」小弈答說：「你就看開一點吧，一肚子的氣讓你老得更快！」這正中了埠郎的忌諱，他用枕頭打了一下枕邊人。

更不堪的是，他竟然在小弈的健身用包包裡發現了皎皎推薦的一款防曬抗老膏，當場興師問罪，小弈自辯說：「不要那麼小氣好不好，那是健身房特別促銷裡的贈品！」他不知怎的不肯罷休，嘮嘮叨叨了幾個晚上，小弈煩不勝煩，拋下一句：「我想你大概是更年期到了！」不再接他電話、回他短訊，宣告冷戰開始。

他們已經兩個多星期沒見面了。

所以在這個時尚派對碰上皎皎，埠郎心頭別是一番滋味。自從那件事過後，他們倆心照不宣，王不見王。不過這回的時尚秀是為了慈善，加上和主辦的主人家是多年好友，於是他勉為其難的答應了。說好他會在晚上八點到九點登場，皎皎十點後才出現，可不知是不是什麼溝通上的問題，皎皎一大早就在會場，真是狹路相逢。埠郎覺得這是另一種宣戰方法，在一旁觀看熱鬧的媒體可樂死了。

皎皎先熱情的迎上來，一身黑色修身西裝讓他看來時尚帥氣。

「埠郎老師，久仰久仰，終於有機會拜見本尊了！」

在名利場打滾多個年頭的埠郎當然不是省油的燈，快速送上一張笑臉：「皎皎老師，很榮幸和你見面！」

難得見到傳說中不和的兩位大師碰頭，媒體當然一哄而上。閃光燈亮個不停，提問一道接一道，一題比一題尖銳：

「埠郎老師和皎皎老師是不是第一次見面？」

「是的。」

「有人說皎皎老師是你的接班人，你有這個感覺嗎？」

「接班人？我都沒打算退休，怎麼可能有接班人？」

「我怎麼可能有資格當埠郎老師的接班人，我才出來那麼幾年，資歷不深，經驗不夠，要和埠郎老師這位前輩學的東西實在太多！」

「他是在暗中諷刺我老！」埠郎心中暗罵。

「有傳你們兩個面和心不和，那到底是真是假？」

「哪有啊？我們兩個感情很不錯，都是媒體在捕風捉影！」說完了還親熱的把手搭上埠郎的肩膀。

「我們兩個沒有心病，如果未來有機會的話，我很願意和皎皎合作。」

「老師們再靠近一點……」「往這邊看……」閃光燈亮個不停。明天的報紙頭條大約就是「美容大師狹路相逢互戴高帽」這類的。

埠郎在心中提點自己，要打醒十二分精神，明天報紙上的照片不能讓他比下去。

他偷偷的瞄了皎皎一眼：那柔滑細致的肌膚、那光潤無紋的眼角，好像讓電腦修過一樣，完全看不出歲月留下的痕跡。

他心裡嘀咕著：「二十幾歲的人真好。老天爺給面子，皮膚處於巔峰狀況，毋需太多保養。」

年輕真好。青春萬歲。

結果第二天的新聞報導，果然就是「美容大師合照，粉碎不合傳言」，而且站在皎皎旁邊的他，無論是氣勢、行頭、樣貌、膚色等都給比下去，埠郎看了也不禁皺眉。

他心裡頭滿不是味道：「美容大師？他也配？」下一回的交鋒，他定要提醒十二分精神。

後來竟輾轉聽說，皎皎那細得極致的肌膚是靠一種巫術。像那套多年前的電影《捉神弄鬼》，兩個女人為了爭一個男人而求救於巫婆，吞下長生不老藥，希望自己能永遠青春美麗，奪回男人的心。

埠郎第一次從助理口中聽見這事，當然是嗤之以鼻：「荒謬！」

不過現在他卻待在那巫師的公寓裡。

那是一間位於市中心的公寓，很簡單的布置，淡黃色的牆，陽台上有一些小盆栽，稱得上是窗明几淨。不是想像中那樣黑暗陰森、蛛網四布，空氣中飄著異味的地方。

巫師是一名看來四十多歲，皮膚黝黑的男子，手中握住一個青色瓶子：「其實不算什麼巫術，只是一種東南亞失傳很久的回春術！」

「不需要我吃什麼噁心的東西吧？」他看過電影《餃子》。不過如果真有效，埠郎知道自己還是會義無反顧的吞下去的。

「不用。只需要全身塗上這些油，三天不能照到陽光。」他搖晃著手中那青色瓶子。

埠郎覺得那倒好辦。反正他每天都塗一大堆的護膚產品在身上。

「那油要一段時間才能滲入皮膚，三天裡不能穿任何衣物，而且要戒肉、戒酒……」

「記住！」那男子頓了一頓：「一年只能做一次，要不然可能會有反效果！」

埠郎一一做下筆記。給了一筆不小的金額後，埠郎望著手中那青色瓶子：「皎皎，我一定會反擊到底！」

兩個月後，埠郎容光煥發出現在一個慈善首映禮上。他的朋友、各方媒體都驚訝於他的轉變——臉上僅有的細紋通通不見了，白裡透紅，好像十八歲少年郎那水樣的肌膚。當晚皎皎也有出席，兩人站在一起時，埠郎竟然看來更年輕。第二天個媒體的報導都說埠郎才是「不老的傳說！」「真正把時間凝住的美容大師！」「這回年輕美容大師敗了！」

在現場他無意中窺見皎皎眼裡一閃而過的怒火。

埠郎自然心花怒放，他是故意要給皎皎一個下馬威。「別以為只有你會用旁門左道！」

很有生意頭腦的埠郎早把那黑且濃稠的精油拿去化驗，如果成功找出配方，那肯定是另一種賺大錢的黑金。

結果出來，原來只是一些植物精油，完全天然。埠郎知道這些植物的美容效果，不可能會這麼神奇。一定還隱藏著什麼還沒有找出來。

他擦了那油後，整個人感覺像年輕了二十年。那肌膚簡直是吹彈即破，市面上任何美容產品都沒有這種神效。

埠郎這回以勝利者的姿態亮相後，各廣告商邀約、電視通告、報章雜志訪問突然增加了許多，還從皎皎手上搶走了一個商品的代言。他睡夢中也帶笑。

年輕真好。青春萬歲。

不過和小弈的關係還是沒有進一步的改善。

他有聽說一些小弈和誰誰在一起的小道消息。

後來還是消息靈通的助理對他說：「聽說小弈現在和皎皎同居了！」

什麼？小弈？他至愛的小弈。聽了後他整個腦袋昏漲，覺得前方的路一片荒蕪及死寂。

當天晚上他取消了所有的約會，在公寓裡一個人喝著悶酒。

嘗試打小弈的手機，但都打不通。

心痛。

他想起了和小弈在這間公寓一起消磨的快樂時光。

心更痛了。

「你離我而去是因為我不比那婊子青春嗎？是嗎？是嗎？」

他望著那青色瓶子。良久不動。

然後他慢慢的把身上浴袍除去，開始往身上抹那精油。

等到酒醒的第二天，看見渾身油黑的自己，埠郎才嚇了一跳。

他記起那巫師的話：「一年只能做一次，要不然可能會有反效果！」

算了。反正都塗了，而且化驗出來也只不過是一些植物精油，不會有什麼大傷害的。

埠郎試圖用自己的專業知識來說服自己。

唯一的麻煩是今後三天的工作都得推掉。廚房裡還有許多食物，不出門的三天餓不死的。

他要用這三天的時間把小弈放下，忘記身邊曾經有這麼一個人。

他醒了就喝酒，偶爾會小哭一下，哭累了再睡過。

身體有酥酥癢癢的感覺，他知道這是藥力在發作。埠郎很好奇這次會變成什麼樣子，十八歲嗎？那真是太神奇了。

第四天早上醒來時，帶點宿醉的埠郎還是睡眼惺忪，感覺整個人輕盈了起來，他摸一摸自己的臉蛋，果然又潤滑了許多。他笑了笑。

有少許尿意，他慢慢的站起來，低頭往自己赤裸身子一看：體毛竟然都脫掉了，全身光禿禿——他回到前青春期的年齡了。

年輕真好。青春萬歲。

小團圓

「這紅酒味道不錯，帶淡淡水果香，很順口。」先開口說話的是盧倪，個子不高但黝黑結實，是一名藥劑師。錢賺得很多，年紀輕輕竟然已有兩間公寓在手。

「是我很喜歡的澳洲牌子XXX，他們出產的白酒也很有名！」把紅酒帶過來的是桔樂，他和盧倪相反，肌膚紅潤白皙，個子也不高，是一名職業舞者。因為平常訓練有素，所以身體線條很美，那高傲的翹臀更是搶盡所有雄性動物的目光。他走韓國美型男路線。

小布聽了後「噢」了一聲。想起了什麼。「我聽過這 brand，很多 mall 都有 sell。」

小布是盧倪的 buddy，是一家藥廠的銷售人員。兩人因為工作關係認識，後來發現大家都是同一間健身室的會員。小布是美國留學生，英語說得頂呱呱，但國語卻是有限公司。大家都習慣他說話時中英交雜，洋氣洋腔。他愛紋身，左手臂上一頭跳躍的海豚，小腹左側有一些原始的部落圖騰。「是古代瑪雅族的，不知道什麼意思，看起來很 wicked 就對了。」那些枝枝籐籐讓他那線條分明的小腹添了一些原始情色味。

「很多人喝酒後都硬不起來，你們不會嗎？」問的是滴酒不沾的主人家眉爾。今天大家都聚集在他兩房一廳的小公寓裡。在今晚相聚的六人裡頭，眉爾年紀最大，身材卻是最好。

他常常自嘲說：「我身材是二十八歲，臉孔是三十八歲，思想是五十八歲。」他經常把生死無常這類的掛在嘴邊，大家聽得都膩了。

眉爾是一家韓國餐館的小東主，開門做生意整一年多，成績不算很好，但依舊忙得難以分身，這場聚會也是說了幾個月才成功把這一群人帶過來。他們職業各有不同，大家都有各自的朋友，平時玩樂的地方也不一樣，唯一的共同點是大家都在同一家健身院。

「不會，喝一點紅酒，微醺時玩得更high！」盧倪搖著手中的酒杯說。

「對呀，喝酒後人比較放得開，沒那麼尷尬。」阿德接著回應。縮在床角玩手機的他是盧倪帶來的新朋友。長得最高，卻是六人當中最年輕的，笑起來臉上就揚起兩個深深的酒窩，十分討喜。他的腹肌很明顯，讓人很羨慕。

「不過我有試過太醉了所以硬不起，唯有不停的向那〇號道歉，好丟臉。」盧倪笑著說。

「盧倪，你二十六歲不到，正是血氣方剛的年紀，怎會發生這種事？一定是平常玩得太凶了！」眉爾指著盧倪。「不過說真的，年紀越大就發覺硬度和勃起度都不比從前，而且體力也開始走下坡，所以現在我都當〇號多——一號實在太累了。」

「你根本就是天生〇號嘛，不要強詞奪理說自己太累所以當不成一號什麼的！」桔樂帶笑反駁。他和眉爾認識多年，是坦誠相見、無話不說的麻吉，所以和眉爾的對話永遠不設防。大家也跟著哄堂大笑，盧倪笑得最大聲，覺得桔樂替他報了一箭之仇。

「什麼事情這麼好笑？」剛從廁所出來的可力問道。齒白唇紅嘴上光，但體毛卻很茂盛。他是桔樂的男友，兩人長得很像，連體格也差不多，是所謂的夫妻相。在一起也很多年了。

「大家在笑眉爾〇號扮一號！」小布答道。一向不愛說話的可力邊笑邊走到男友身邊坐了下來。

「阿德，你是純一？」眉爾問道。

「不是純一，不過只會為男友當〇號。」阿德答道。他不停的玩著手機，是典型的低頭族。

「我覺得當純一或純〇都是一種損失，男同志的好處就是可以同時享受攻與受的樂趣，為何要放棄呢？」桔樂道。

「真的。只當純一或是純〇真的是沒有意思。」眉爾附和說。

「可是我真的不行。試過幾次，都忍受不了那種痛。現在只要有人撫弄我的屁眼，一定軟下來。」盧倪娓娓道來。

「是你那一號太遜，要不要讓我試試？」阿德開玩笑問道。
「不要！」盧倪白了他一眼，斬釘截鐵的答。
「倒不是每個人都愛肛交，我遇見一些炮友都不好此道。」眉爾道。
「你們試過和一些有特別性癖好的人玩嗎？」阿德問道。
「有。試過一位西裝控的，一直要我穿上襯衫打上領帶才上他，而且高潮還一直拉著我的領帶，害我差點窒息！」盧倪答道。大家聽了又是一陣大笑。
「你這算小兒科，我遇過戀腳癖的，那才厲害！」眉爾道。
「他們好像喜歡舔腳趾這類的！」桔樂道。男友阿力眼睛半閉的躺在他肩上。
「那個男的一進來我家就問：你的鞋子都藏在哪？」眉爾道：「我打開鞋架，他竟然一雙雙拿來嗅，自己看了都有一點噁心。」
「然後呢？」桔樂迫不及待想知道故事的發展。
「然後他就選了一雙皮鞋，叫我脫光坐在椅子上，自己也脫個精光，然後就嗅著那雙皮鞋，一邊舔我的腳一邊自慰。一直問我：爽不爽？爽不爽？接吻、口交什麼的都沒有興趣，我自己也看得呆了。」眉爾道。

「You can stand it？」小布問道。

「當然不行，很快就叫他停下來。我這類傳統派，沒有一、〇就不算性愛，請他找回同類吧！」眉爾答道。「臨走時還問我可不可以送他一雙最臭的鞋！我的鞋子都是名牌貨，哪可能送他？而且想到他可能射精在裡頭，半夜會發噩夢！」

聽到這裡，大家又笑了起來。

「我玩過一個喜歡黃金雨的韓國小子。」阿德道：「我上他時，感覺他都不怎麼興奮，後來他羞答答的問我：可以尿在他身上嗎？」

「於是你尿了？」盧倪問道。

「嗯。剛開始對著他還真尿不出來，後來就叫他坐到馬桶上，這才成功。」阿德繼續說：「他興奮得不得了，很快自己打出來。」

「幸好沒叫你尿到他口裡。」盧倪笑著說：「可惜你不是童子尿，要不然得益的是他——延年益壽耶。」

「這些屎屎尿尿是我的 limit，I can't take it。」小布又喝下一口紅酒。

「我玩過一個內褲癖，要求我把穿過的內褲套在他頭上，然後要我攻他。」盧倪道。

「那畫面好好笑耶。」桔樂道。「我在的話一定會笑場！」男友阿力輕輕的拍了一下他的頭。

「我也覺得那有點滑稽。」盧倪笑著道：「後來就沒有找他玩了。」

「美國一直都很流行 SM，我在紐約時，每次都被 invite。」小布道：「他們身型都很大，可以把你壓著，然後輪流上，你還是別去好！」

「不敢去。」阿德笑著道。

「Exactly！」小布手上的酒杯快要見底了。

「SM 我不行，那些鞭打、滴蠟什麼的，怕痛。」眉爾道。

「其實肛交也痛呀。」桔樂道：「大家都是痛並快樂著。」

「桔樂，你沒遇過這些人？」盧倪問道。

「沒耶。」桔樂答道：「也不知道該慶幸還是該有什麼反應。」

盧倪不相信。覺得是因為可力在場，他才不敢說出來。

「玩得最厲害大概就是今晚的聚會了。」盧倪注意到在可力的撫弄下，桔樂的身體已經開始有反應了。

「可不可以換一下電腦上的片子，我對日本的沒興趣。」阿德問道。

「嗯，我 iMac 裡頭有一些 Bel Ami 的，讓我找找看。」眉爾往書桌走去。

「condom 夠嗎？我的包包裡還有一點！」小布問道。

「應該夠吧，除非盧倪突然想當○號。」桔樂笑著說。

「休想！」盧倪正色的答：「眉爾，空調可以再開大一點嗎？有點熱耶！」

主人家眉爾又忙著調弄空調去。桔樂、阿力和阿德早已經躺在床上，盧倪和小布在旁邊看著，等著好時機進場。桌上的兩支紅酒早已喝得七七八八，垃圾桶裡有一團團的衛生紙，地上零落的掉著左一件右一條的衣物，iMac 屏幕上的 Bel Ami GV 才剛剛開始，誰也沒有想回家的意思。

分手

牆上的白色時鐘是無印類的簡約設計，太不招搖，不小心會看不見那裡有一面時鐘，好像在米白色的大牆裡長出來一樣。離三點還有十分鐘，小亮開始有點忐忑不安。滴滴答答，是他開始變快的心跳。

這家西餐館他常來，貪它位置夠近，繞一小段路就到了，很方便，下班後經常在這裡吃晚餐。義大利麵、千層麵等都做得超好，曾經帶過義大利友人來吃，他們吃後也讚不絕口，豎起拇指說很地道。還記得當時主人家笑得見牙不見眼。對一間不是義大利人當廚娘的餐廳來說，沒有什麼讚賞比「很有義大利的味道」更榮耀。他更愛這裡香濃的咖啡，主人家對調泡咖啡很有心得：「咖啡豆要嚴選，溫度也要很對！」小亮聽了點頭如搗蒜。他喜歡店主虔誠近乎神聖的態度。

曾經有一段時間，他和最愛唄唄常常在這裡喝咖啡，嚐嚐美味的提拉米蘇。那通常是在一場周末的床上大戰後——都說做愛嚴重消耗體力。射精後總是饑腸轆轆，身體急需蛋白質補給。

想到唄唄，小亮的心揪了一下。他們倆在一起大約三年了吧？在三個月就是一年的同志月曆裡，三年已經是個很了不起的期限——多少同志情侶連半年也捱不過去。

是在某個朋友的生日聚會裡遇見唄唄。絕對不是天雷勾動地火那類，也沒有什麼一見鍾情。壽星公泳熊介紹：「小亮，這是唄唄！」他的第一眼印象是：「這男生的牙齒怎麼這麼白！」

「小亮，你好！」

「你好，你也是泳熊的朋友嗎？怎麼都沒見過你。」

「我們最近才熟絡起來，因為大家都在同一家健身院，而且都上同一個老師的瑜伽課。」

「你也像他一樣喜歡挑戰人體柔軟度的極限，我不行。上過一堂課，第二天腰酸背痛，差點要拿病假。」

「哈哈，慢慢就會習慣。我現在兼職當瑜伽老師。」

在一起後，他才知道唄唄的身體有多柔軟。雙腿幾乎一分為二，那腰身也是蛇一樣。他曾經在床上表演過自吞，讓小亮歎為觀止。

他們當晚談得很開心，慢慢的開始約會，慢慢的就在一起了。

第一次約會就在這家西餐館，唄唄遲到了十五分鐘。在日資公司上班的小亮最講究準時，下屬遲到一定給他罵個狗血淋頭。唄唄匆匆忙忙出現，臉上掛著帶點歉意的笑容：「對不起，瑜伽課有點遲了……」一看見那副白如扇貝的牙齒，小亮就原諒他了。

後來在一起的日子裡，唄唄從沒有準時過。出門前的那五分鐘，總有東西要忙，配鞋子、找鑰匙、打電話……

「給我兩分鐘，我去抓一下頭髮……」

「你有看見我房間的鑰匙嗎？」

「這鞋子有點髒了，我去換一換。」

於是又遲到了。兩人為此吵了很多回。吵了後，唄唄一定會準時一段日子，過不久又故態重萌。所謂的江山易改，本性難移。

兩人沒住在一起，不過周末時唄唄都在小亮租的小房裡過夜，小亮偶爾會到唄唄在城市另一頭的家。他和友人合租一間小公寓，讀室內設計的屋友把房間布置得像渡假屋一樣，素雅潔淨，悠閒舒適，左邊擺一個木人像，右邊吊一條紗布，藝術氣息濃厚，感覺像在巴厘島。

但小亮在這裡就是睡不好。

輾轉反側，做各種奇怪的夢，醒來後總莫名的累，像剛打了一場仗回來。唄唄也不知道為什麼，房裡空氣流動，收拾得有條理，為了讓小亮一夜安眠，他甚至點上薰衣草香精油，但還是不行。「也許是氣場不對。」小亮無奈的苦笑。他總覺得那些黑黝黝的木人有點詭異——在窺看什麼似的。

剛開始在一起的三個月很開心。吃飯逛街、喝咖啡、看電影、做愛等，就算兩個人無所事事的窩在床上，你看看我，我看看你，也要傻笑半天。

那是所有戀人窩心的蜜月期。

甜蜜日子不長久，「甜盡苦來」——現實很快就打上來。

柴米油鹽醬醋茶，早上擠的牙膏、下午吃的午餐、晚上睡覺的姿勢，每個都可以是一場火爆爭執的源頭，每個選擇都是一個小炸彈。他從來不知道兩個人要相處在一起，相處得融洽原來是一件很困難的事。小亮想起那句常掛在媽媽嘴邊的話：「若要人像我，除非兩個我。」

經過一段日子的努力溝通，盡力妥協後，當中包括唄唄無數次的威脅要分手，他們兩人才慢慢磨合起來。不過蜜月期的甜蜜感覺早已蕩然無存。

小亮問過其他的朋友，都說：「是這樣的，慢慢的就會從情侶變成伴侶，然後就會變成知己，感情不再像野火一樣灼熱但卻會像細水一樣長流，潤物無聲。」原來是這樣。

小亮不肯定後來的感情發展算不算細水長流，唯一確定的是過了兩年後，他們彼此都不再碰對方的身體。完全沒有那個意願，赤裸相擁時也沒有什麼太興奮的感覺。與初相識時每回見面總是在床上結束，實在差得太遠。那時就算唄唄的軀體碰到小亮的手指頭，他的身體都會有反應。

唄唄曾經問他：「是不是我最近有點胖了，所以你沒興趣了？」小亮唯有以工作太累等藉口含糊推搪過去。「難道他對我的身體還有興趣？」他對自己說。

對於這點小亮倒不意外，他身邊的朋友過了兩年後總會有默契的在外頭偷吃，或找人玩3p。同志都是情欲動物。性永遠都不夠。

小亮趁外勤時玩了幾次，他知道唄唄也一樣，只不過大家都不會揭穿對方。你可以玩，但別讓我知道——這是同志戀情要持久必奉的金科玉律。

一年、兩年慢慢的過去，小亮和唄唄和其他的情侶一樣，吃飯、看戲、出席朋友的生日會、婚禮、新家入伙派對、去國外旅行。大家都把他們看成恩愛的一對。唯有小亮感覺到兩個人之間那一個人的孤獨，愛情裡某些無以名之的東西正慢慢死去。

兩副不同的身體，兩個遙遠的世界，一顆心懸而未置，很難受。

唄唄大概也察覺到了，所以他很努力的製造浪漫，希望可以重燃愛火。

送鮮花禮物，親手烘焙蛋糕，床上角色扮演：「我是你今晚的奴隸，你可以對我為所欲為！」小亮明白他的苦心他的努力，那小確幸他感受到了，有點感動。「再給彼此一次機會吧？」他試圖說服自己，於是他們相守的日子又多了一年。

不過最近這年他自己也感覺這段感情有點變質。簡直可以說是慘淡經營，聚少離多。尤其這幾個月，他經常出國公幹，唄唄忙這忙那，小亮屈指算算，兩人見面的日子竟然不超過十天，連個手也沒有機會握一下。幾乎淪落成普通朋友的關係了。

有一天半夜驀地驚醒，一陣陣小號小號的憂傷毫無預警地湧上心頭——是時候來個了斷。

他被前任男友甩，所以對於提出分手這事沒什麼經驗。該如何說？什麼時候說？在什麼地方說？都要一一周詳考慮。說起來讓人失笑，這幾個星期小亮就為了這事而煩惱。

選在這個地方提分手當然是因為希望唄唄念在過去的情誼，不會因為被甩而對他懷恨在心。

分手的台詞他也撰寫了幾份，自己在家裡對著鏡子練習，他好人當慣了——不能傷害彼此，要和平分手。

「對不起，我覺得大家越走越遠了，也許應該想想未來的事情了……」這太婉轉。吞吞吐吐，太娘了。

「這不是你的錯，只是……我在想應該找一個讓彼此都能夠更舒服的相處方式……」這有點囉嗦，而且太過文藝腔，一再強調不是他的錯也沒有為自己加分。

「我對你已經沒有感覺了，不如我們分手吧？」這太直接，會傷害他。他不覺得倔強唄唄會哭，反而擔心眼淺的自己會忍不住，像女人一樣的哭得稀哩嘩啦。

也許氣極的唄唄會像電影裡被負的女子一樣給他一擊耳光，然後潑他一身飲料。如果真的發生，也不知道該怎麼辦好。「糟糕，忘記帶可以替換的衣服。」他有點擔心這真的會發生。

「怎麼越來越冷？」小亮心裡想著。不自禁的打了一個寒顫。他知道是自己有點膽怯的緣故。

白色時鐘上的時針指著三點。滴答滴答、滴答滴答……決斷的時刻終於來了。小亮深深的吸了一口氣，往玻璃門外一望，竟然看見唄唄的身影——難得準時。他努力要改進了嗎？這個時候和他說分手，會不會太殘忍？

他身旁還跟著一個男生。同事嗎？他也坐下來的話，他哪好意思開口？

唄唄笑笑的坐了下來，那長得白白的男生還在一旁站著。

「難得你準時呢。」小亮試著讓自己的情緒穩定下來。

「小亮，我來介紹——這位是我新男友阿樂。」那男生露出陽光笑容。

唄唄一開口說話，小亮就不想開口了。

3

味道

少麒很難形容那股味道。不算香，不算臭，不難聞。少少嗆鼻，不算難受。最接近的大概是一個大熱天後突然來了一場小雨，地上的熱氣給蒸發騰空後，那種帶點黏答答的味道。

少麒第一次嗅到這個味道的時間，要往前推上二十五年。在他大約五歲的時候，抱著他的大舅身上就有這個味道，大舅是一名育有兩名子女的好爸爸。他記得當時還皺起眉頭來。

「怎麼皺起眉頭了，不喜歡給大舅抱嗎？」大舅一臉笑意的望著他。

上小學後，聽說大舅離婚了。他記得母親在電話裡和阿姨大吐苦水「那男子還很年輕呢，真丟臉。」他聽了似懂非懂——男子？丟臉？很多年後才知道，大舅母發現大舅和一名男子在床上赤裸相擁。那時的大舅已經飛去國外打工了，再也沒有和家人聯絡，親戚們說起他總帶點輕蔑神情。從那時開始，少麒就知道未來的路肯定不會順坦——他也會和男子在床上赤裸相擁。

五歲過後，慢慢長大，他在不同的人身上聞到這股味道：堂哥、表弟、同學、老師、街上擦身而過的陌生人……如果是同志聚會的話，那味道更會強得讓人作嘔。

第一次去同志夜店，還沒走進去就已經聞到那股味道，他頓時天旋地轉。一旁的朋友見他面有難色，便關心的問候他：

「你臉色有點蒼白？還好吧？」

「沒什麼，就少少胃痛。」

他第一次對那味道有厭惡感。

勉強自己進去——那震耳欲聾的音樂，那擠得水洩不通的人群，那濃烈得讓人窒息的味道，他受不了……。不到十五分鐘，立刻以身體不適為由落荒而逃，從此都不去什麼同志派對。

除了偶爾和一兩個知心的同志朋友聚餐外，他幾乎都遠離各種同志場合。

他把這味道稱為「基味」。少麒不知道上天賜予他這項特異功能有什麼意圖，不過有些時候他也會樂在其中。

中學時有位教物理的黃老師，愛穿燙得筆挺的白襯衫，頭髮梳得服貼，腳下的皮鞋擦得油亮，上課時一臉嚴肅，不苟言笑。考試時打分很嚴苛，字體不端正也要扣分，沒有所謂的同情心。不少在物理上掛了的同學都把矛頭指向他，暗中為他取各種難聽的綽號，最著名的就是「黃八蛋」。

少麒的物理一向不好，他討厭也不明白各種大自然的邏輯和理論。對他而言，很多事情都沒有邏輯可言——他那獨特的嗅覺就是其中一個例子。

有回午休時，同學都在說黃老師有位要好的女友。

「我昨天看見了，兩人在吃著牛肉麵，那女的看起來比較老。」同學甲喋喋不休的說著他的新發現。

「原來這個黃八蛋不止愛物理，也有考古癖好。」同學們都狂笑起來。

「希望他們倆好好相愛，不要吵架什麼的，要不然咱們的物理科又要完蛋了。」同學乙說出大家的心聲。

唯有少麒知道那絕對不是真命天女，因為黃老師身上就有那股味道。當他走過少麒身邊時，那混著少少古龍水的味道就撲鼻而來——他是同志。

少麒發現黃老師有時會用一種曖昧的眼神看他。中學時期的少麒是學校裡的短跑好手，一向有鍛煉身體的習慣，體格很好，臉上有一點小痘痘，不過基本上長得還不錯。

少麒更清楚了解，這個學期物理科再掛的話，就會拖垮他的整體成績，到時父母的臉色要多難看就多難看。他得有一些行動。

某次下課後，他主動走上前：

「黃老師。」
「嗯，什麼事？」語氣裡有點驚訝。
「我物理實在很不行，想問老師可不可以替我補習？」
「噢？」少麒是自己班上第一位主動要求補習的。他有點驚訝。
「和父母商量過了，補習費會照給。」少麒的聲音很誠懇。
「既然你那麼努力，老師會盡量配合。」他注意到老師眼裡有異樣。
「方便的話，老師可以來我家。我家有一間書房。」少麒心底已經有了計劃。
「好。」黃老師一口答應。
第一回的補習課發生在炎熱的星期三下午。
黃老師努力的講解一些原子的理論。少麒聽得頭昏腦脹，完全不進腦。
「劉同學，專心一點。」黃老師稍稍皺起眉頭。
「我注意力沒法集中，也許是天氣有點悶熱。」少麒拿著手上的幾張講義不停的煽風。

「嗯。最近天氣是有點熱。」

「老師，你介意我把上衣脫掉嗎？這裡的空氣還真有點悶熱。」少麒用懇求的眼神看著他。

還沒等他答應，少麒就大方的把運動背心脫了下來。他發誓他聽見老師「骨」一聲的吞下口水。

「好，現在涼快一點了吧？可以繼續嗎？」黃老師不敢正面看上空的少麒，聲音幾乎帶點顫抖。

「舒服多了。」少麒雙手高舉，伸了一個懶腰。

黃老師閃爍的眼神略略的瞄了一下少麒那豐盛的腋毛。

他們倆繼續。少麒注意到老師的額頭開始冒汗，那味道更濃了。

「好難耶。老師，我看我是不行了。」少麒抱怨。

「不難，多用功一點就行了。」黃老師臉上竟然展現難得一見的笑容。

「要不老師你給我一點提示，就說說出題的範圍好了。」少麒笑笑的對老師說。

「這不太好吧。」

「就一點提示而已啦，我還是會用功的。」少麒突然握住老師的手。

「這……」

「他的心應該在激動的跳著吧？」少麒想著。

「你就好好讀懂今天我教的這些吧！」老師快快的拋下這一句。

於是當月的物理考試，少麒低空飛過——終於合格。物理科的合格把他的整體成績都提高了，爸媽看了成績表都一臉得意。

「這玩意終於帶給我一點好處！」少麒心裡想著。

從此以後，黃老師見到他總帶著一點尷尬，少麒倒是落落大方，很熱情的向他打招呼。

「想愛不能愛，這就是大多數同志的命運。」他有時見到黃老師那瘦削的背影會如此感歎。

上大學後，少麒那敏銳的嗅覺繼續發功，為他打開不少方便之門。知道哪個學弟對他有意，就佔佔便宜，讓他們當當跑腿，買這個，拿那個，他有一個底線——不傷害人就好。

到了職場，這個小天賦也為在廣告公司上班的他帶來小好處。遇見同男客戶，他就盡量在提案上加一些派對、玩樂、有猛男出沒等同志都愛的元素，知己知彼，幾乎百發百中，許多出名難搞的同男客戶都讓他擺平。「都是一群愛發小女人脾氣的歐巴桑。」少麒偶爾會在心裡暗罵。才一年半的時間，他就在公司裡連升幾級，成為大老板身邊的得力助手。

不過這能力也為少麒帶來一點苦惱。曾經約過幾次會，大家都有好感，不過上床後那感覺就煙消雲散。當一個人動情時，那味道更是濃烈得可怕，他那熊熊欲火都讓這些味道給蓋過去了，幾乎沒有一次成事。他不能想像身邊同伴長年累月有這個味道的感覺，遇上再好的、再喜歡的也被迫放手。所以這些年來，少麒都是單身。

「生命給你一些，不給一些。」少麒用這首歌來安慰自己。

心情低落時，他會覺得自己是個異類，永遠融不進人群裡。他是太陽系裡一顆陌生的星球，落單了，唯有自行運轉。

他看過好萊塢電影《X戰警》——在世界的某個角落肯定也有像他這樣的異人吧。也許和他一樣有敏銳的嗅覺，也許有X光眼，可以一眼看穿同志體內的DNA，大家可以組一團「G戰警」。

「肯定有這樣的人，如果遇上了，我要給他一個法式熱吻。」他發誓說。

不過三十年都就這樣飛過，少麒開始懷疑——也許真的只有他這樣的一個人。每當心中有這樣的念頭，他總一陣悵然，甩不掉那無可救藥的孤獨感。

沒有人知道他這個祕密，尚藏在衣櫃裡的他當然更不願意和人分享。只有一個人知道他是同志，那就是前同事小憶。

他們倆曾經一起工作六年，混得很熟，成了無話不說、無事不分享的好姐妹。兩人好得甚至可以肉帛相見，有一回到日本旅行時，有個野外的混浴溫泉，小憶提議說：「看起來好舒服，下去泡泡看吧？」

雖然兩人很要好，不過想到要在一個女人面前脫光光，少麒還是有點猶豫。

「要這樣嗎？不太好吧？好尷尬啊！」

「尷尬什麼，咱們是好姐妹啊！」說這話時，小憶身上只剩下內衣褲了。

少麒於是硬著頭皮把衣服也脫了。

他記得那溫泉舒服極了，更記得小憶說了一句話：

「你的陰毛好濃密呀，也不修修一下！」他哈哈大笑的把溫泉水往她臉上潑。

不過少麒沒讓小憶知道他嗅覺靈敏這件事，反正說了她也不信。

失戀許久的小憶年前新交了一名男友——大雄，他長得斯斯文文，帶點肉感，在電子工廠裡當名工程師。小憶常讚這名男友「好細心，和我去購物血拚都不會嘮叨，而且還和我一起選鞋子包包呢！」少麒卻看出那問題所在——大雄是名同志。

他們第一次見面，當小憶興奮莫名的介紹「這位就是大雄，我們約會已經三個月了……」那味道就直沖過來。大雄臉上永遠掛著一副曖昧的笑容，猜不透他的心裡在想些什麼。

「都是一些壞念頭吧？」少麒對大雄的第一印象不是很好。少麒當然聽過因為父母的壓力而被逼結婚生孩子的同志，他暗中希望大雄只是一名對自己性向有點疑惑的同男，而不是利用小憶來瞞天過海的無恥同志。

他有想過把真相告訴小憶，不過被愛沖昏頭的她一定聽不進去。而且他太了解小憶的品性，也許不過三個月，她就會對這位不多話的大雄生膩了。還是什麼都別說最好。一切隨遇而安，時間到了自有分曉。

自從大雄出現後，他們的見面次數就少了，他也樂得清閒——實在不想看見他那曖昧的笑臉。偶爾會和幾名前同事一起聚餐，小憶總是興致很高，而大雄一貫的沉默寡言，不想多話，大概是怕說了些什麼會露出自己是同志的蛛絲馬跡。看見小憶一臉沉醉，少麒還沒想過要揭穿這個殘酷的現實。

轉眼間，一年多就過去了。有天他收到小憶的 APP。

「大雄向我求婚了，太開心了！」

「真假？」

「嗯，鑽戒都帶在手上了。」

少麒無言。他果然就是利用小憶來瞞天過海的無恥同志。是有什麼居心嗎？要揭穿他嗎？要讓小憶知道真相嗎？

「這個婚禮你一定要當伴郎，不然就約這個周末吃晚餐吧，我們談談細節……」

小憶真的是太興奮了。好吧，就這個周末，他要親自質問大雄，不想他傷害小憶。

他們的晚餐約在一間經常去的四川菜館，是他們一位前同事的父母開的。

在人聲鼎沸的餐館裡，小憶的聲音興奮得高了八度：

「你看這鑽戒，帶點粉紅色，是不是很漂亮……」

「選婚紗時你一定要來……」

「蜜月地點都定好了，就去澳洲雪梨……」

他聽著，不怎麼回應。看著大雄那慣常的曖昧笑容，不耐煩著。

「他到底還想裝到什麼時候？」

上甜點的時候，大雄欠身離席說要去洗手間。

「我也有點急，一起去吧！」終於給他逮到這個機會。

洗著手的當兒，少麒毫不客氣的問道：「你在胡鬧些什麼？請不要玩弄小憶的感情！」

「玩弄小憶的感情？什麼意思？」一副曖昧加委屈的表情。

「我知道你是同志！」

「我是同志？你從哪一點看得出我是同志？」他臉上有點惶恐。

「你身上有同志的味道！」衝口而出的一句話。

「同志的味道？」不知怎的，他臉上彷彿漾起少許狂喜

「也許你會覺得匪夷所思，不過我真的嗅得到你身上同志的味道。」

「原來你和我一樣……」

「和你一樣？」少麒一臉疑惑。

「我也可以嗅到一些東西。」

「真的嗎？你可以嗅到什麼？」找到了。原來自己並不孤單。

「我可以嗅到死亡……」

嗅到死亡？死亡又是什麼樣的味道？好可怕。

「我嗅到你的死期就在三個月後。」

那曖昧的笑容又來了。

訪客

媽媽警告過小傑不准去那裡，三條街外一棟空置了的大樓。

「為什麼嘛？」

「不准就不准，你和我乖乖的呆在這裡。」媽媽兇起來真可怕。

「也許我在那裡可以遇見新朋友。」

「不准！」

小傑嘟起嘴巴走開了。大人都是不可理喻的。

後來有一次問起姊姊，她說：「好像是發生過凶殺案，有一對男女情侶被割喉，死狀很恐怖。」

「那你有去看看嗎？」

「沒去過。」

「我們一起去好不好？」

「發什麼神經？幹嘛要去啊？萬一遇見那兩個被割喉的，晚上會做噩夢呀！」

他沒再問下去。即將成為大人的小孩也都是不可理喻的。但小孩子嘛，媽媽越說不准做的事情，他偏要做。不會怎麼巧遇上那對割喉情侶吧？

在一個下過雨的傍晚，小傑向媽媽撒了一個謊，終於來到這棟被時間遺棄的建築大樓。

大樓面積不很大，不過就幾層樓高，小傑數了數，總共四樓。被空置太久了，早已藤蔓處處，雜草叢生，牆上地上都斑駁敗壞。像經歷過地震一樣，一大片的殘垣敗瓦，大樓外圍挺著一簇簇赤裸的粗鐵枝，窗戶全被打碎了，地上髒兮兮的，紙張、衣物、食物等垃圾到處堆積。暗黑的四周一片寂靜，這光禿禿的水泥空殼感覺陰森可怖，走走停停的小傑不禁皺起眉頭，想起那對割喉情侶更是毛骨悚然。
「有人在嗎？」他壯起膽子大叫。空蕩蕩的大樓沒人回應。
「有人在嗎？」依舊一片死寂。
「看來真是什麼也沒有。」小傑心裡想著。
他又上上下下再走一遍。
「回家吧。」以為可以發現一些什麼，回去吹噓一下，他失望極了。
「烏隆……烏隆……」從遠漸近，小傑聽見機車引擎的聲音。
「這個時候這種地方會有什麼人來啊？」小傑好奇的從四樓往下看——兩名戴著頭盔的人。
聽見他們快速從樓梯走上來的聲音。小傑開始不知所措，該往那兒跑啊？
「我不走，就躲起來看他們兩個來這裡搞些什麼鬼。」小傑知道這就叫急中生智。
邊走邊說，他們已經到了四樓。小傑整個身子就躲在一根粗大柱子的後頭。

是兩名年輕男子。

「聽說這大樓明年就要給毀了，他們打算在這裡建醫院。」說話的這位穿著白藍相間風衣，臉有點長，理一個小平頭，高高瘦瘦。

「醫院？從辦公大樓變醫院？不同的財團吧？」回話的這位比較矮，樣子比較年輕，他穿著T恤配牛仔褲，背著一個包包，看起來像是一名大學生。

「之前那家財團倒閉了，所以這棟大樓才『財去樓空』。」他邊說邊把風衣脫下。「這地點多少人在虎視眈眈。」

大學生突然上前給了他一個擁抱，「好久不見，想死你了！」

小傑嚇了一跳——兩個不都是男生嗎？男生想男生好怪呀。

「我也很想你呀！」接著兩片嘴唇就貼在一塊了。「陪那女人回娘家，又要忙搬公司的事……一個多月就過去了，真的很對不起！」

小傑看得目瞪口呆。

「這回你又找些什麼藉口來見我？」
「就對她說要回公司拿些文件。」
「那你不能待太久了。」
「我們不要說話了，好嗎？」
大學生停了下來，怔怔的看著男生。
兩個人吻得更激烈了。雙手開始在彼此身上游移，喘息著。
「他們兩個不都是男子嗎？」小傑眼睛睜得大大，思想在翻騰。
兩人的上衣都給剝掉了。小平頭慢慢的把大學生按倒在地上。
「等一下。」大學生停了下來。從放在地上的包包裡拿出一張被，快速的往地上鋪。
「媽呀，難道他們要做那件事？」媽媽警告過不能看。他下意識的用手把眼睛蒙上。
「難怪媽媽不讓我來了，原來這裡有這些變態的人。」
不過幾分鐘，他那強烈的好奇心還是讓兩人的呻吟聲給狠狠勾引著，於是手指和中指摩西分海一樣的打開了。他都是這樣看恐怖電影的。

「又要怕又要看。」姊姊總是笑著說，然後走過來硬生生的把他的手掌扯開。然後兩姊弟很快的扭打在一塊，媽媽又開口大罵了。

兩個赤裸的男人糾纏在地上。忘情的、癲狂的吻、舔、吸、摸、搓、捏。像兩頭搏鬥的獸。

小傑記起姊姊說過同性戀這件事。

「就男和男女和女相愛，和我們一樣，都不受歡迎。」

「為什麼男的會愛上男的，女的會愛上女的？」

「不知道。」她想了一會兒，又說：「不過上帝既然造了他們出來，一定有原因吧。」

大學生在舔著另一個男生的下體。用手握住，像舔冰棒一樣的舔著。他胸部起伏，大聲呻吟著。

「那不是小便的地方嗎？怎麼會把它放進嘴裡，好噁心啊！」

小傑有聽姐姐說過男女間的事。就「要做一些東西，然後才有小孩！」

說這話時還陰陰的笑，好像做了什麼壞事一樣。媽媽如常的對這些事什麼都不說。「大人的事情，小孩子不要懂那麼多！」

現在他們在互舔。小傑肯定姊姊沒看過這些事情，回去向她報告的話，一定很了不起。他想著姊姊不斷向他追問的樣子，「真的嗎？你騙人……」、「然後呢？」實實在在的滿足了他的虛榮感。

然後大學生從包包裡拿出一些東西，一管藥膏和小方袋。

「好多法寶。」小傑開始看出興趣來了。

他把方袋往口裡一咬，拿出一個小塑膠袋，然後很熟練的把那東西往男生的下體滑下去。然後從藥膏管裡擠出一些東西，抹在那硬挺的東西上，也往自己的屁股抹一些。

「現在又要幹些什麼呢？」

大學生慢慢的騎上男生的身上。上下慢慢移動。

小傑完全猜不透他們在玩些什麼把戲。不過看他們兩人樂在其中，應該是很好玩吧。

「小傑……小傑……你在哪裡？」

是媽媽的叫聲。怎麼會在這時候找上來，真是掃興。

他知道現在一定要回去，生氣的媽媽一點也不可親可愛。

「唯有下次叫姊姊一起來看了。」小傑無奈的歎了口氣。

「嗖」一聲，他迅速的穿牆而過。

大學生感覺背脊上突然有陣寒意，不過很快的就讓那陣陣襲來的快感給蓋過去了。

G+ 系列　編號 B025

耳朵：唐辛子短篇小說集

作者　　　唐辛子
責任編輯　張蘊之
美術設計　賴佳韋
企劃／製作　基本書坊

社　　長　邵祺邁
編輯顧問　喀　飛
副總編輯　郭正偉
行銷副理　李伊萊
業務助理　郭小霍
首席智庫　游格雷

社　址　100 台北市中正區南昌路二段 112 號 6 樓
電　話　02-23684670
傳　真　02-23684654
官　網　gbookstaiwan.blogspot.com
E-mail　pr@gbookstw.com
劃撥帳號：50142942　戶　名：基本書坊

總經銷　紅螞蟻圖書有限公司
地　　址　114 台北市內湖區舊宗路二段 121 巷 19 號
電　　話　02-27953656
傳　　真　02-27954100

2014 年 6 月 6 日　初版一刷
定價　新台幣 260 元

版權所有・請勿翻印
ISBN 978-986-6474-56-9

國家圖書館出版品預行編目 (CIP) 資料

耳朵：唐辛子短篇小說集 / 唐辛子著. -- 初版. -- 臺北市：基本書坊，2014.06
176 面；14.5x20 公分. -- (G+；B025)
ISBN 978-986-6474-56-9(平裝)

857.63　　103009840